마이 웨이

(My way)

마이웨이(My way)

초판 1쇄 인쇄일 2018년 3월 13일
초판 1쇄 발행일 2018년 3월 21일

지은이 공란식
펴낸이 양옥매
디자인 표지혜
교 정 조준경
기 획 고일영(애플북스)

펴낸곳 도서출판 책과나무
출판등록 제2012-000376
주소 서울특별시 마포구 방울내로 79 이노빌딩 302호
대표전화 02.372.1537 **팩스** 02.372.1538
이메일 booknamu2007@naver.com
홈페이지 www.booknamu.com
ISBN 979-11-5776-539-3 (03810)

이 도서의 국립중앙도서관 출판시도서목록(CIP)은 서지정보유통지원 시스템
홈페이지(http://seoji.nl.go.kr)와 국가자료공동목록시스템
(http://www.nl.go.kr/kolisnet)에서 이용하실 수 있습니다.
(CIP제어번호 : CIP2018007892)

스 마 트 감 성 수 필 집

마이 웨이

(My way)

글·공란식

책과나무

기척 없이 지나간 밤사이 찾아온 손님

빈 모습이 안쓰러워서일까 눈을 내렸다

실감 난다 겨우살이다

어김없이 또 보는구나

그러면서도 한켠의 쓸쓸함은 무엇을 의미할까

쳇바퀴 돌듯 맴돌림 하는 1년의 세월

벌써 끝자락 잡고 겨울에 서 있다

단순하게 배회하던 일상들조차 가물거리는 분주함도

무엇 때문인지도 모르게 지나쳤는데

계절의 마무리 시간 앞에서는 초조함을 보이게 한다

그러다 말겠지 그냥 살아가자 어쩔 수 없는 나이인데

그러면서도 미련은 육십 년을 살아온 나이를 붙잡고 있다

마이웨이(My way)

그 미련을 다가서는 새해에 얹어볼까

미동도 하지 않는 고요 속 풍경에 시선을 주면서도 마음을 흔

들고 있다

사람이기에 미련도 아쉬움도 느끼고 욕심도 내겠지만

감정이 흔드는 생각을 어찌하리

겨우살이 동안의 잡념이 될지도 모르리

고운 빛에 던지는 도전일지도 모르는 내 사념

바람이 흔들고 있다 심술처럼

－2017년 늦은 가을 기림제 뜨락에서－

/ 차 례 /

4 • 작가의 말

제1부 숨은그림찾기

12 • 길 위에 서다
13 • 숨은그림찾기
16 • 또 다른 시작
18 • 노래처럼 인생도 흘러
19 • 어느 날
21 • 어느 날에는
22 • 블루투스(Bluetooth)
24 • 올드 팝송
25 • 열정
27 • 신바
28 • 주말 되니 한가함에 시간
    을 비워
30 • 빛바랜 외출

32 • 봄맞이
33 • 청춘
34 • 어디쯤 왔을까
35 • 단순한 일상도 좋다
36 • 반갑다 친구야
38 • 봄빛이 찾아든 제주도에
    일곱의 아이들이
39 • 기타리스트
43 • 꽃이기에 아름다움도 느
    끼고
44 • 고향 그리워
45 • 볕이 좋은 날
47 • 비가 온다
50 • 편지 부치는 날
52 • 꽃보다 아름다운 사람들
53 • 이 사랑도 지켜주고 싶어요
56 • 끝없는 사랑
59 • 영화관에서
61 • 빛의 터널
63 • 중앙도서관
64 • 인생이란 이름으로
66 • 사각모 공중에 힘껏 던져
    주세요

68 • 선물
71 • 노래하는 수레
73 • 사천의 한적한 시골마을

제2부 내려놓는 연습하기

78 • 어머니가 하루를 여는 시간
81 • 어머니 사랑합니다
83 • 오월이 오는데
85 • 어머니가 그랬듯이
88 • 아버지의 강
91 • 휴전 중
94 • 이런 마음 처음이야
96 • 춘삼월
97 • 봄 소풍 나온 빛
99 • 꽃 같은 환한 미소
100 • 여름이 지난 이야기
103 • 가을빛이 여름날
105 • 겨울을 보내네
107 • 함께 살아가는 길
108 • 운암길
110 • 내려놓는 연습하기

112 • 매미가 입주를 반기네
113 • 새집을 짓고
116 • 기림재
118 • 매부를 그리는 처남이 쓴
　　 편지
119 • 이런 시간은 언제 또다시
121 • 피서 왔어요
122 • 게으름 놓다
124 • 수요일의 아우성
126 • 손녀 이야기
128 • 할미 사랑
129 • 인연
131 • 참 한가하게
133 • 쌍무지개 뜨는 날에
134 • 한 세대를 건너서 만났네
136 • 안부 전합니다

**제3부 강물아! 너만 흐르지
　　　말고**

140 • 겨울이 좋아
144 • 봄 그리워

145 • 봄이었기를
146 • 드뎌 입춘
147 • 처음처럼
148 • 커피 한 잔에
150 • 봄나들이
151 • 이유 없는 너의 변명
152 • 그리운 것이 무엇이랴
154 • 비가 오는 날
156 • 장밋빛 인생
157 • 며칠의 소요
158 • 바람 소리 무성하다
160 • 떨어지는 꽃잎도 갈 길이
　　　있으리
161 • 이 좋은 날들을
162 • 여름에 갇혔다
164 • 밤의 역사는 시작되다
165 • 조금씩 다가서는 그에게
167 • 가는 것을 어찌 잡으리
169 • 기다렸다고
170 • 부는 저 바람에
171 • 흔적
173 • 가을을 사는 바람도
175 • 가을비 내리는 날

176 • 가을 마실 온 봄꽃
177 • 절로 가을이 다가오네
179 • 가을이 왔을까
181 • 창밖은 지금
182 • 외등
183 • 가을을 타고 떠나고 싶다
184 • 시월의 마지막 시간
186 • 여로
188 • 고요를 품다
189 • 나목에 미련을 두고
190 • 지난겨울의 잔해
192 • 겨울이 살아 있다
195 • 바람의 소리
196 • 지나가는 바람이려니
198 • 폭력은 사람만이 아니다
200 • 인생의 순환
202 • 가는 길
203 • 한 컷의 사진을 기념하다
204 • 가을아! 너만 흐르지 말고
205 • 순천만 갈대 군락지
207 • 서른 즈음에
209 • 잃어 버렸던 것 아닐까
211 • 공간이 부족하다

제4부 달빛은 어디에서도

216 • 달빛은 어디에서도
218 • 늘 그리움은 아니지만
220 • 허전한가 보다
222 • 어쩌다 준 시선을
223 • 임처럼 떠난 푸른 여름
225 • 세월아 비켜라
227 • 꿈이라 하네
229 • 한여름 밤의 꿈
231 • 때늦은 소식
233 • 그리움의 기도
236 • 보이지 않는 말
239 • 시리도록 흰빛으로 다가
      선 꽃잎
242 • 내 나이가 어때서
244 • 아직은 지금에 머물고
      싶다
245 • 사랑을 떠나보내고
248 • 사랑
249 • 무심
250 • 여자이고 싶어요
252 • 봄바람 휘날리며

254 • 오늘은 왠지
255 • 소슬바람
257 • 연등
258 • 첫사랑
260 • 남몰래 흐르는 눈물
262 • 마음 다스리던 날, 유월
264 • 부재
266 • LOVE
268 • 사랑도
269 • 눈 내린 날
270 • 바람이 분다
272 • 사랑보다도 그리움으로
273 • 가을을 줍다

275 • 발문 / 이원규(전기작가·
      칼럼니스트)

○

제1부

숨은그림찾기

길 위에 서다 _____ 。

느긋함의 휴일 길 위에 서다
쌀쌀한 찬기가 겨울인 것을 밝혀주지만
한 번쯤은 바깥의 모습을 그려보는 것도
기분 전환이 되리 공간의 한적함
겨울이란 기온이 가로막는 뜸한 인적 너무 여유롭다 부
산스럽지 않은 조촐함의 산사가 고즈넉하니 마음에 든다
잔설이 발목을 가로막는 방해도 겨울이란 계절이기에 더
욱 매력이 있다 불경을 독송하는 스피커도 소요스럽지
아니하고 공간이 많은 주차장의 여유도 편안함이다
돌아보고 뒤돌아서는 길 잔잔함의 노래로
드라이브의 감미를 더하는 서비스
감칠맛 나는 음식보다 더 매력 있던 한나절의 시간
행복에 취하다

숨은그림찾기 ———— 。

몇 년을 두고 가요를 배우다 보니
봉사 활동할 기회도 주어졌다
한 달에 한 번 찾아가는 곳
이제 그들에게 들려준 시간은 얼마 안 되었지만
반가움에 손을 내미는 그들에게서
따뜻함과 애잔함이 함께 전해 온다
지극히 정상 범위를 벗어난 곳에서의 생활 정신요양원
이다
몸도 마음도 자신의 것이지만 제어가 안 되는
이상의 세계 속에서 생활하고 있지만
맑고 순수한 모습들이다
일주일에 한 번 가요 수업 참석하는 환우들도 있다
마이크 잡기 쟁탈전 벌이면서
노래에 도전도 할 만큼 용기들도 대단하다

동작도 취하면서 나름 음 이탈도 박자도 어긋나지만

두어 시간의 그들에게서 찾을 수 없을 만큼

보통사람들 같다

가요를 배우러 찾아온 새로운 회원들 간에

간혹 함께 배우는 것에 거부감을 느낀

낯가림에 되돌아가는 사람들도 있지만

5년의 그들과의 수업 함께 하는 분들은

봉사단원들 노래가 끝나면 그들만의 시간도 있다

이해와 동정으로 기다리기도 한다

나름 자신이 좋아하는 곡을 선택하고

환우들 앞에서 부르는 용기

그들도 꽃도 노래도 감성도

우리네와 즐기는 것은 다르지 않다

그런데 그곳을 거처로 삼는 생활 속 공간 아마도

마이웨이(My way)

우리가 모르는 그들만의 이상세계에서 나름 자신들을
가꾸고 있을지 모르리라
애써 표정 감추고 안타까워 바라보는 마음
들키지 않으려 기꺼이 찾아가는 곳
그것만으로도 충분히 행복이다

또 다른 시작 _____ 。

인생의 서막은 글쟁이로 살고 싶은 꿈을
현실로 이루었다
잘 쓰는 이야기도 아니고 감동도 없지만
4권의 책을 엮어 써 내려간 담력도 있다
간간이 멈추어지는 손끝의 고갈이
오랜 시간의 소재를 멈추기도 하지만 진행 중이다
요즈음 다른 매력에 빠져있다 노래다
우연의 기회가 오산시민 앞에서 공연도 하고 있다
대중들이 좋아하고 감동할 목청도 아니지만
즐겁게 춤사위를 보이고 마이크를 잡고 폼에 빠져든다
예순이 넘은 나이에 열정의 시기도 아니지만
흥을 대물림해준 아버지의 끼를 닮고 있다
인생 제2의 서막 얼마의 시간이 즐거움을 함께하려는지
이것으로 내가 사는 동안의 재주를 멈추게 해야 하겠지

마이웨이(My way)

다른 욕심으로 고갈되어 퍼낼 것이 없는
바닥난 에너지 때문에 세월의 장애 속에서
두 마리의 토끼를 놓아야 할 시간의 여유도
비워 두어야 하니 더 많은 시간이 흐르기 전
손끝의 글과 머릿속의 노래를 위해
오늘도 선잠 속 훈련 중이다

노래처럼 인생도 흘러 _____ 。

어떤 노랫말은 내 삶을 반추하게 하는 듯
가슴 저 깊이서 눈물을 끄집어내기도 한다
인생살이 반영하는 작사가의 감성
글은 사실을 가장한 허구에서 써진다는데
이별 사랑 만남
실제로 살아봐도 드라마처럼 그렇지도 않은데
그럴 수도 있겠다
뺏기고 빼앗고 분노의 이별도 있으며
이룰 수 없는 애절한 사랑 두 사랑 앞에 갈등도
아주 오래전에 연인과 헤어진 안타까움까지
한세월 살면서 우리가 겪는 과정
노래를 부르면서 감정에 몰입하는 이 순간
나는 어떤 감정이었나 웃기도 하였을까
슬픔이었나 눈물도 있었겠지 사랑이었으니

마이웨이(My way)

어느 날 _____ 。

한 달에 한 번 찾아가는 노래봉사
그곳에는 바라보기만 해도 안쓰러운 젊은이가 있다
모두가 자신의 세계 속에 갇힌 사념 속에서
인생관을 단절하고 교육프로그램 시간으로
생활하는 곳이다
웃음도 바른 자세도 모르며 고개를 숙이던 딴전 시선
한 달에 한 번이지만 볼 때마다
안타깝도록 마음 쓰였는데
어제 찾아가는 노래 공연으로
신명 나는 메들리로 흥을 돋우어 주었더니
드디어 웃고 있다 눈길도 마주 보고
무엇이 미세하게 몸짓도 움직여 준다
가두었던 내면의 사념 바깥으로 빠져나오길
하트로 답례해주었네 분명 그리 할 것이라고

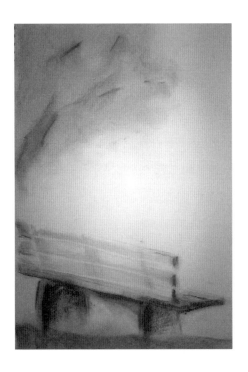

마이웨이(My way)

어느 날에는 _____ 。

게으름 놓고 팝송 틀고 손 놓고
오월이 절정에 다른
빛을 보며 한가함에 빠지다
이런 시간도 잠시의 충전이겠지
맥 놓은 정신도 여유로 비워두고
딱 좋은 날
푸른빛의 갈망 사랑할 줄도 알아야 하고
뛰는 가슴 열정도 알아보고
머릿속에 적립한 기억도 알아내고
손끝의 안부도 챙겨야 하지만
느긋이 바라보는 시선이 행복이다
바람 머문 가지에 날아오른 햇살 한 줌도
여유로움으로 반짝이는 날
너무 좋다 사랑이겠지

블루투스(Bluetooth) _____ ○

스마트폰에 저장된 음악을
이어폰으로 들으며 외출하는 것을 알고
며칠 전 막내아들이 선물 해 준 이동식 블루투스
사운드바에 연결하면 안방에서는 음악을 들을 수 없다
안방과 마당에서 쉬면서 듣게 되면 감상이 남다르실 거
라며
무작정 마트로 데리고 가더니 색상을 선택하란다
와- 소리가 남다르다 베이스 소리가 완전 짱
2층으로 가져가 청소하면서도 듣고
잔디에 앉아 바람 쐴 때도 듣고 이리 좋은 시절
선택을 못 해서 때론 취향이 아니라서
간혹 모르고 지나치는 기계들을 이용할 줄 모른다
가끔 이런 행복을 가져다주는 자식들의 센스 고맙다
젊은이들만이 특권처럼 누릴 수도 있는 신제품들을

마이웨이(My way)

우리 세대들이 쉽사리 접하기는 어려울 수도 있는데
도전해보라는 격려도 아낌없이 응원한다
싱그런 바람 속에 해 저무는 그늘
마실처럼 나는 잔디에 앉아 음악을 듣는다
색다른 느낌 웅장하다 멋있다 즐거움에 취한다

올드 팝송 _____ o

올드 팝송을 듣다가 젊은 친구에게 전화했다
아주 오래전 소녀 시절 귀동냥으로 듣던 곡인데
숨 가쁜 내 소리에 자신도 좋아하는 곡이라며 반가워한다
공감되는 이야기 잠시 만나면 즐기는 음악에
이야기 덧붙이는 수다도 있을 만하다
다음도 만나면 옛이야기와 노래와 수다 떨잖다
세대 벽을 넘어서는 젊은 친구 고마워요
라디오에 신청했다며 전화기 너머로 듣게 해 준다
이래서 용기를 얻는 것일까
움츠리지 말라며 가끔 옷깃도 여며주는
딸 같은 친구 덕분에 행복이에요
오늘도 고마운 감동 살맛 느낍니다
퇴근 잘하고요
언제 또 봐요

마이웨이(My way)

열정 _____ ○

생애 처음으로 재즈 콘서트를 관람했습니다
음악으로만 접하던 재즈의 공연을 눈으로 보고 귀로
익히는 순간 온몸에 전율이 퍼지기 시작합니다
1세대 공연자들이 연주하기 시작했을 때
팔순에도 클라리넷을 불기 시작하는 이동기 님
하얀 수염의 멋진 모습 트럼펫 최선배 님
드럼 연주자로 신나게 두드리는 리듬의 송승철 님
콘드라베이스의 김봉이 님 제 나이 연배보다 십여 년 지난
열정으로 재즈에 흠뻑 취하게 만들어 흥을 돋우어
가을밤을 뜨겁게 달구게 합니다
60여 년을 넘게 한 장르의 음악으로 뭇 사람들의 심금을
흔드는 마력 곧은 자세로 간간이 작은 소리의 손뼉 치는
장단으로 관객의 호응을 자극하는 이동기 님
팔순의 세월에도 지치지 않는 열정 재즈의 마력일까요

그 나이도 아닌 나의 지친 삶에서 가끔은

내가 하는 모든 것을 버거워하면서

엄살떠는 바보스러움이 부끄럽습니다

한 곳을 바라보며 대중들의 마음을 들뜨게 하는 그분들

의 연주

깊어 가는 가을을 사랑하게 했습니다

이 멋진 공연 초대해 주신 만감 관계자 분들 감사합니다

마이웨이(My way)

신바 _____ ○

젊은이다

그런데 항상 웃는다 자칭 신나는 바보라 한다

나는 그런 종민이의 웃음이 신선하다

뭇 사람들에게 신나는 웃음을 주는 그가 너무 바르다는 느낌

이다 솔직하게 자신을 어필한다 선글라스를 끼고 노래하다

멘트를 날릴 때는 선글라스를 벗는 예의도

너무 고마운 젊은 모습 다양한 프로에서 활동하지만

노래에서만은 솔직한 고백

코요테 리더이지만 춤으로 시작한 가수의 시작

그래서 자신의 노래는 한 곡이라 해서

더욱 맘에 든 종민

종민 씨 앞으로도 신나는 바보로

만인들에게 행복 날려주세요

너무 즐거웠어요

주말 되니 한가함에 시간을 비워 ＿＿＿ 。

산책길에 나섰다 막내가 입력해준 음악을 들으며
마치 소녀 시절 유일한 DJ 음악다방을 찾은 그때처럼
'비틀스, 사이먼 카 펑클, 톰 존스, 폴 앵카'를 열광하던
오빠를 쫓아 그들의 음악에 심취하고
두 아들에게 이야기 들려주기도 하였던 시간
나이 들면서 대중가요를 배우고
노래하는 기회를 얻은 지금도 그때처럼 설레는 마음은
같다
혼자여서 쓸쓸한 산책길 행여 나설 때 음악 들으시라는
막내의 자상한 배려에 즐기며 듣고 있다
바스락거리는 나뭇잎의 소리 이외엔
스마트 폰에서 나오는 음악뿐이지만
고즈넉한 분위기도 때로는 친구처럼 곁에 둘만 하다
한 시간여 조금씩 줄어드는 햇살이 그리울 거 같아

마이웨이(My way)

가을볕에 선탠도 하면서 주말 자투리 시간을 비웠다
여름날 입주한 아파트 단지 내의 공원을
이제 선보이는 것조차 늦장이 아닐까 하지만….
지인분들! 놀러 오세요
아기자기한 이야기 나눌 벤치도 있답니다

빛바랜 외출 _____ o

빛바랜 외출이다
바람 든 나뭇잎새는 제 빛을 내주고 매달려있다
한동안의 시간이 그러하리
떨어져 나간 가지 끝의 맨살도 있지만
이런 모습으로 겨울을 나려고 있나 보다
거꾸로 매달려 바람에 흔들거린다
햇살에 사그라져 점점 살점처럼 떨어지는 잎새들이
어쩌면 가여워질지도 모르리 겨울 나는 나무들이
빈 몸으로 몇 달의 추위를 견디어야 하기에
어쩌면 퇴색된 잎새라도 잡고 있음인가
가까이 보이는 사철 푸른 솔의 삶이 부러울지도 모르는데
눈치 없는 길손은 툭툭 흔들어본다
아직은 더 머무를 기회를 주세요
다음 생을 사는 것은 우리가 아니라는 것을 느끼고 있기에

마이웨이(My way)

좀 더 미련을 두고 싶어요
흔들다 마는 손끝이 미안해지는 오후의 모습이었다

봄맞이 _____ 。

바깥은 진눈깨비에 겨울이 맴돌림 하는데
찻집의 풍경은 화사하다
따끈한 쌍화차의 감촉이 입안으로 스며들고
지인과의 수다는 시간을 넘나든다
창 너머의 모습에 반하여 한눈팔며 음미하는 차맛 어쩌
면 뜨거운 여름 햇살도 아닌 비좁은 비닐 지붕에 내리는
햇볕만으로도 이리 즐거운 시선을 줄까
창을 통한 수다와 진한 차의 따끈함도
이 신선한 모습에 한몫했음인가
신비스러운 감탄에 마주한 지인조차
이야기를 멈추고 카메라를 들이대는 내 손끝에
미소를 던지고 있다
겨울이 추위만 있다고 여미던 내 마음
벌써 봄맞이로 환하게 새 단장하던 날

마이웨이(My way)

청춘 ____ ○

떠난 청춘이 맴돌림 한다
회오리처럼 그 시간을 배회하는 나이는
노을이 되어 있는데 무엇에 쫓기었던가
그 숱한 날들이 한숨도 눈물도 섞여 버린 세월도 바람도
마주한 날 나는 떠나간 내 추억에 인사조차 없이
보내지 않았던가
젊은 그 날들을 붙잡고 다시 고백할까
청춘이여 수고했어 내게서 머물러 주어 고맙다고
그런데 왜 하필 이 순간에 지나가 버린 그 순간을 기억
하나
잡지도 못할 날들을 어느 순간 청춘을 생각하다 불현듯
나의 청춘이 궁금하였다 기쁨도 있었을 일그러진 날들 그래
눈물도 보였지 하지만 네가 있었기에 이렇게 사랑도 한다
세월이 더 가기 전에

어디쯤 왔을까 _____ 。

이런 날이 머지않았음에 기다린다
소녀 시절도
풋풋한 아지매 시간이 지난 황혼에 들어선 나이지만
고운 모습 보면 상큼한 웃음을 지어 보이는
나도 어쩔 수 없는 여자인가 보다
박장대소하며 치아를 드러내고 웃고
거친 말투까지 섞어서
엉뚱하게 티브이 속에 화풀이도 하는 평범한 사람
그래도 마음에는
화사한 봄에 대한 그림을 수채화처럼 그리며
설렘도 담아 놓고 나들이 가는 꿈도 꾼다
여자이기에 행복하다는
여느 여인들처럼 다소곳하지 않은 성미지만
여자이기에 봄을 기다린다

마이웨이(My way)

단순한 일상도 좋다 _____ 。

초딩 친구들과의 수다를 끝내고 집으로 가는 길
왠지 나는 이 길이 좋다
바람 부는 날
커피숍에 들려서 녹차라테를 시켜 홀짝 마시고 길을 나
섰다
자동차 소리에도 귀 기울이지 않아도 되는 길
호젓한 공간이 마음에 든다
새로운 한 해의 길목에 세워두어야 할 목표
실천 없이 시간을 보내야 하는지도
걸으며 생각하고
혼자지만 단순한 일상도 좋다는 여유도 갖게 된다
누군가의 시선에는 쓸쓸한 뒤태겠지만
산책길 코스로 꼭 걷는 길이 되었으니
이만하면 오늘도 좋은 시간이었음을 고백한다

반갑다 친구야 _____ 。

코흘리개 초딩들 이번 정기모임은 야외로
나들이 가야 했는데
날씨도 덥지만, 대형버스 전세해 봐도 20여 명뿐이다
기림제 집들이 겸 초딩 친구들을 우리 집으로 모이게 하
였다
번거로운 수고는 감내하고
마침 토요일이 나와 며느리 생일이었기에
대전사는 아들네 식구가 하룻밤 묵어 사진을 찍어 준다
이제는 백발성성 주름살에 구부정한 모습들이 되었지만
6년을 함께 개구쟁이로 뛰던 꼬마들이기에
돈독한 정 플러스 애틋함도 느끼며
건배하며 건강을 기원한다
차린 음식은 별거 없지만 맛있게 먹어 주는 친구들
고맙고 앞으로 우리 지금의 모습도 좋으이

마이웨이(My way)

운동장 달리며 꿈을 향해 웃음 짓던
일그러진 까만 얼굴들도 좋으이
누군가는 먼저 앞서서 떠나고 아픔에 고통받고 하지만
그래도 최선을 다해 아름답게 늙어 가자
번거로움으로 대접받는다고 칭찬도 고마워
친구들 진짜 사랑한다

봄빛이 찾아든 제주도에 일곱의 아이들이

———— ○

오랜만에 수학여행 떠난 초딩친구들처럼
가슴 설레는 여행을 시작한 우리
예순을 절반 넘긴 나이로 첫나들이다
수학여행 온 기분이라는 들뜬 마음으로
김포공항에서 비행하고
불과 50여 분 만에 제주도 도착
첫날, 숨 가쁘게 인증샷 찍었다
57년이란 세월 너 초등학교 입학 때 만난 세월이니
이리 변해 있지만 마음은 공부하던 교실과 운동장
소풍 속에서 옛 추억을 회상하는 수다로 아이들로 돌아
가 있다 더는 늙지도 아프지 않았으면 좋겠다며
일 년에 한 번씩 인증샷을 위해
여행하자는 약속을 성급히 제안한다
제주도의 봄을 점령할 이 여자들의 행보 시작이다

마이웨이(My way)

기타리스트 _____ 。

신년 국악 연주회에 초대된 거장 김도균이다
모두가 그의 연주에 홀린 듯 환호성이다
토요일 겨울바람에 고개를 숙인 오후
지인의 초대로 동탄 복합 문화센터를 찾았다
KBS 국악 연주에 김도균 기타리스트가 출연한다며
방청권을 예약했다는 소리에 오케이를 보냈다
문화센터가 웅장하다 60여만 화성시민을 위한 문화센터
지만
와! 부럽다
많은 인파가 줄지어 시간을 기다린다
대중문화에는 익숙하지만
고전 음악은 아리랑 창부타령에만 익숙했기에
국악 관현악단의 연주 어떤 맛일지
오정혜 국악인의 사회 속에 시작되었다

새로운 느낌이다 전통 우리의 악기
거문고 피리 징 북 장구 가야금 등
너무 신명 난다
거기에 기타 연주가 접목된 창작 연주
모두가 들뜬 박수로 환호한다
죽이 잘 맞는다 전통과 현대
김도균의 신들린 손놀림 신의 한 수다
티브이 속 연주만 볼 수 있었는데
공연장에서 듣는 연주 환상이었다
한곳을 향한 피나는 노력의 결과물이라기엔
완벽하다 참 기인이다
한 시간 반을 훌쩍 넘긴 공연이 끝나고도
환호성은 계속이었다
김도균 그 사람 미소로 답하고

마이웨이(My way)

공연장 나서는 인파들은
그에게 다시 큰 박수로 답하였다
행복한 주말이었다

마이웨이(My way)

꽃이기에 아름다움도 느끼고 ＿＿＿ 。

카페 주인의 솜씨
커피 마시며 눈요기하라고 단아하게 꽂아 놓았다
수다 떨며 시선은 꽃에 뺏기고
진지하게 이야기를 나누는 건지
마음 딴전인데
이야기 주고받다가
둘이 웃고 있다
사람 마음 흔들어 놓아도 이리 예쁘니
꽃이 아닌 우리도 예쁜 척해 볼까?

고향 그리워 _____ 。

유년이 아우성치던
그곳은
불야성 이룬 조명이 유혹한다
떠나간 것이 어찌 시간뿐이랴
고향이 그립다 하면서도
지키지 못한 세월이
갈바람에 흔들리네

마이웨이(My way)

볕이 좋은 날 _____ 。

경제 능력 없다고 뒷전으로 물러난 세대들
겨울이지만 햇볕과 함께 공원으로 마실 나오셨나 보다
운동기구로 몸 푸는 할아버지를 지키는 할머니
조금이라도 자식들에게 짐이 되지 않으려 팔운동 하는
할머니
이 세대들의 삶은 고난이었지만
시절이 주는 세태의 흐름에는 거스를 수 없었으리라
자식들 뒷바라지에 일생을 바친 삶이 준 훈장은 무엇이
었나
늘그막에 공원에서 산책하며 시간을 보내는 여유로움일까
나도 그 세대를 쫓는 시간에 접어들었다
혼자이기에 바라볼 사람조차 없는 공원에서
볕과 같이 노닐게 될 날도 머지않음에 가는 시간이 초조
하다

'잘 사셨습니다, 수고하셨습니다, 모두의 건강 기원 합니다'
이런 응원 속에 큰 박수를 받아도 될 모든 어르신
머지않은 우리의 시간이기에

비가 온다 _____ 。

잎새를 떨구기 위한 작업이다 쓸쓸하다
이런 날들도 있을 거라고 생각을 두었는데
왠지 허탈함도 느껴본다 회색빛의 구름 하늘
내리는 빗물도 침묵이다 서 있는 곳의 정적
무게를 느끼는 나도 잠시의 생각에 빠져본다
삶은 잠시의 소풍을 즐기다
원래의 자리로 돌아가는 것일까
호스피스 병동에서 사투를 벌이는
환자와 이별을 연습 하는
슬픈 가족들의 이야기를 지켜본다
산다는 것 죽는다는 것 생과 사의 문을 넘는 것
생명이 있는 존재라면 통과해야 할 과제이기도 하리라
그런데도 사는 동안의 나
영원할 것처럼 이 순간을 저울질하고 있다

왜? 부족할까 욕심도 키우고
다른 이들보다 앞서야 하지 않을까
경쟁심도 잠재우고 화려함도 추구하고
다 부질없음을 깨닫지 못하고
떠날 때는 겸손하게 빈손으로
모든 것을 내려놓는 것을 알면서도
이 순간의 선택은 끝없는 갈망이다
비가 내리며 만물들에게 깨우쳐 주고 있다
이 물방울이 생명을 주지만 선택은 각자의 몫이라고
작은 양도 넘치게 받아들이는 기쁨이 있으면
사는 동안의 시간은 충분히 행복일 거라고
마음을 바꾸자 내게 와 있는 비어 있지 않은
가득함을 덜어내는 연습을 하자
서서히 준비도 해야 한다

마이웨이(My way)

머지않았을 소풍의 마무리 시간
겸손도 내려놓고 미소도 더 많이 지어야 하고
인정도 두어야 한다 휴
살면서 비움이 만만치 않다
그렇게 잊고 사는가 보다
오늘 이 순간을

편지 부치는 날 _____ 。

빨간 우체통을 사랑한 여자 설렘이었다
밤새 고민 속에 빠져 뜬눈 새우고
작은 이야기 우체통에 던져 놓고
얼굴 발개진 여자 그리고 기다린다 몇 날을
소식이 있는 날 그날은 어느 행복이 나를 기쁘게 할까
그렇게 두어 세월 보내고
일방적인 통보로 그를 가슴 아프게 하면서
빨간 우체통도 잊어버리고 있었다
무엇을 하는지
나이를 든 세월도 비껴갈 수 없는 모습이 되었을 텐데
바람 걸치고 있는 나뭇잎이 그 기억을
떠오르게 하면서 못난 마음 나무란다
좋은 친구였는데 이성 간이지만 씩씩하게 열변으로
세상 이야기를 토론하듯

마이웨이(My way)

20대의 생각을 아낌없이 나누던 시간을
지금서야 후회하며 독백한다 '잘 지내죠?'
이 안부조차 우체통으로 넣을 수 없는
오래된 시간 그래도 잘 지내요 아프지 말고
어디서든 만나면 손잡아 줄게요

꽃보다 아름다운 사람들 _____ ○

꽃은 꽃보다 아름다운 것이 있음을 모른다
감성이 없는 꽃잎 그것을 느끼는 사람들에
표현되고 느낌을 받는다
그래서 잠시 즐기는 시선보다 감정 있는 사람들이 좋다
봄볕 좋은 날 길 떠난 시간
그 위에 화려한 꽃들의 유혹
그래도 노래하며 즐겁게 노니는 사람
물결들이 더 좋다
취한 몸짓이 아닌 취한 척의 춤사위
봄의 향연이 그렇게 만들고 있다
찾아 든 객들의 어우러지는 마당
바람도 노닐고 꽃잎도 노닐고 나도 놀고 있다
한참의 시간 꽃보다 아름다운 사람의
웃는 모습 그래서 살맛 난다 희망이다

마이웨이(My way)

이 사랑도 지켜주고 싶어요 _____ 。

맑은 하늘 사이로 간간이 바람을 보내고 있습니다
어디서 오는지 물어보고 싶은 날
이 더운 날이면 아픔이 밀려오는 사랑이 있습니다
이 세상에서는 이루지 못한 사람들
천상에서 맺어졌습니다
늘 보고 싶은 핏줄 애달프고 목마른 그리움
제가 언제 볼 수 있을지는 모르지만
행여 나를 잊었는지도 모를 세월이 지났지만
그 바람 속에 불러올 수 있다면
소리 내어 메아리칩니다 '오라버니 뵙고 싶어요'
50여 년의 세월입니다
21살의 꽃다운 나이로 요절한 사람
더운 여름에 떠났습니다
오빠는 공대학생이었습니다, 토목 전공이고요

형편이 어려워진 시기에 휴학하고
강원도 정선~삼척 간 열차 터널 공사로
토건 회사에 입사해 일하던 중
뜨거운 여름 피하고자 강물에 수영하러 들어갔다가
그것이 오빠의 생이 마감된 겁니다
오빠에게는 동갑내기 여자 친구가 있었습니다
서울 공고 통학 시절 기차 안에서 만난
같은 오산이 고향인 그녀와 3년간
기차 안에서 사랑을 피웠다고 했습니다
오빠가 죽음으로 떠나고 몇 해 있어
저는 그녀의 소식에 놀라움을 금할 수 없었습니다
부모의 선택 다른 남자와 약혼하고
결혼 날짜가 다가왔던 어느 날
죽음으로 생을 접었다 들렸습니다

마이웨이(My way)

55

어쩌면 사랑하는 사람과의 연을 맺고 싶었을까요
저는 두 분의 영혼을 맺어주었습니다
서울에서 수원에서 방과 후 내려와
코스모스 피는 철길을 웃으며 걷던 두 사람
두 손 꼭 잡고 걷는 모습을 엿보게 되고
철부지가 되어 아버지에게 고자질하던 못난이
내가 어른이 되어서야 두 사람의 사랑을 축하하게 되었
으니 늦게 어른이 되었습니다
잘 생긴 오빠와 아주 뛰어난 미모의 그녀
지금 이 세상에서 맺어 지낸다면 얼마나 행복일까요
바람 타고 제가 천상을 엿볼 기회가 있다면
두 분을 초대해서 손뼉 쳐 드리고 싶은데
간절함만 배회합니다 꼭 잡은 두 손 안 놓았으리라 기도
합니다 사랑합니다, 영원히

끝없는 사랑 _____ ○

우연히 듣게 된 노래가 있다
'꽃물결 일렁이던 어느 날…'
잠자던 내 가슴속으로 이어지는 가사 속에
왠지 빠져드는 느낌. 짝사랑이었나 보다
조금은 서글픈 곡조이기도 하다
몇 번을 반복해 들어도 싫증 없이 듣고 또 듣는데
카톡으로 보내 준 지인은 들을수록 애잔함에
마음이 짠하다고 답장을 보냈다
노래 한 곡조가 이리 사람 마음을 움직이게 하고 있다
어떤 사랑일까 만나면
서로 가슴앓이로 애절한 시선만 주고 있는 것이려나
맺지 못하고 떠나는 이별을 견디며
허우적거리며 방황하는 순애보이려나
아니면 한쪽의 사랑이 다시는 돌아올 수 없는

마이웨이(My way)

죽음의 길을 떠났던가

스물한 살 된 오빠의 죽음 심장마비로 세상을 떠났다

유품을 정리하던 중 몇 통의 편지를 발견했는데

너무 간절한 내용이 쓰여 있었다

오빠와 사랑하던 여자 오빠에게 답장을 보낸 여자

서로에게 보낸 애틋한 편지를 읽어간 가족들

모두에게 슬픔이었다.

훗날 그 여자도 죽음으로 생을 마감했고

우연한 인연 속에

나는 두 사람을 위해 영혼혼례를 치러주었다

'ㅇㅇ이 지금은 우리가 덜 성숙한 나이로 맺지 못하

지만,

나는 영원히 너를 사랑한다' 오빠의 고통이 얼마였을까

어린 나이라고 극구 반대하던 여자네 부모

몇 해가 지나 딸도 죽음으로 보내야 했던 아픔을 겪어야
했다
죽어서 이루어진 사랑 끝없는 사랑이다
늦은 밤
이순길의 '끝없는 사랑'
오빠의 사랑을 기억하며 듣고 있다
애틋함에 설치는 이 밤 나 또한 사랑을 보내고
이렇게 절절한 가사에 눈물만 훔치고 있으니…
'멀어진 옛사랑 그림자 밟으며 나 여기 여기에 설레요'

마이웨이(My way)

영화관에서 _____ 。

오랜만인 거 같다
영화관 찾기가 왜 그리 어려운 것일까
결혼 전에는 수도 없이 찾아
배우와 함께 작품에 빠져
주인공도 되고 조연도 되며 웃고 울었는데
누군가 함께 가자고 부르지 않으면
쉽게 찾을 수 없는 즐길 곳이 되어 버렸으니
세월이 주는 게으름일 듯싶다
두어 시간 매력 속에 빠진 뒤
남는 감성 또한 영화가 주는 즐거움일 터
오늘 볼 각본도 내 마음을 웃다 울게 하겠지
본 영화가 개봉되기 전의 광고 자막도
지루하지 않음도 곧 시작될 긴장감 속의 전개 될
시나리오가 궁금해서 일 것이다

마이웨이(My way)

빛의 터널 _____ 。

어둠과 함께 비치는 너는
한 해의 그림자를 안고 있구나
가는 시간과 오는 시간을 목마름에
배회하는 사람들에게
색채의 조명으로 다소의 위안을 주는 것일까
자분자분 걷는 걸음들이
멈추며 네 앞에서 미소를 지을 때
너도 웃는 모습처럼 보인다
어찌할 거나 어수선하든 분주스럽든 흐르는 것이
시간이요 세월인데
무수한 이야기들이 걸음마다 놓인 이곳에
차분히 내리는 네 빛에 올해도 고맙다
잘 지냈다 인사도 하고 낯선 이들에게 따뜻한 미소도
보이는 훈훈한 새해도 함께 맞이하고 싶다

어둠의 친구

그래서 너를 좋아하고 있다

이렇게 카메라도 곁들여

마이웨이(My way)

중앙도서관 _____ 。

글을 읽는 도서관에서 시화 전시다
책을 가까이하는 사람들이 드나드는 곳
작은 아이들, 주부들 열공하는 학생들
숙연히 독서 보다 아우성치며 잡담도 하고
그래서 도서관이 친숙하게 다가 있으리라
글 쓰는 작업도 힘든 과정이라지만
숙명처럼 껴안고 펜을 굴린다
그러면 깨알처럼 토해내는 단어들
그리고 가슴 저편은 무게를 내린다
즐기며 할까 그것도 아닌데
생각이 밀어내면 쓴다 무작정 그리고 선별한다
우열을 가리며
회원들 모두 이 작업에 열정을 쏟아 내느라
수고들 하셨습니다 멋지게 홧팅입니다

인생이란 이름으로 _____ 。

생명을 부여받고 존재하면서 운명을 거론한다
자신이 가지고 태어나는 운명 틀에 맞춰진 대로 흐른다고
하는 것일까 아니면 시간에 따라 성장하는 섭리 속에
존재하는 것일까 평생 접하지 못한 원리이론으로
열공을 표현하는 나 자신이 때로는 신비스럽다
어머니 뱃속에 존재하면서 나에게는 정해지는 사주가 존
재하며
열 달을 기다림과 세상을 향해 두려운 울음 속에 정해진
사주팔자(천간지지) 여덟 개의 기둥이 나를 형성하면서
삶의 방향이 이루어지는 신선한 자극이 호기심 속에
파고들게 한다 하지만 단순 사주학보다 내면의 심리를
들여다보며 과한 것은 모자람에 부족함은 보탤 수 있는
지혜를 터득하는 학문이다
새내기 호기심 어쩌면 역마살의 원동력이

마이웨이(My way)

K대 평생교육원 강의실로 인연을 맺어준 것 같아
나 또한 이 공부 속에서 즐겁게
오행(목화토금수) 속의 점수를 내며 시험을 풀고 있다
나의 사주 속 타인들과의 관계 건강 오행 속 방향
아직은 뭐라 거론하는 것조차 역설적인 학문
그래도 요즈음 화요일은 기쁜 설렘의 요일임은 분명하다
열강하는 교수님과 열공하는 도반들
그리고 가끔 사주를 풀며
좋은 소식에 간식들을 아낌없이 준비하는 마음들
이것이 어쩌면 서로를 베푸는 큰 보시가 아닐까
또 다른 인생 공부 지금까지 살아온 시간이
앞으로의 삶 또한 그 안에서 접목되어 있음이라 하니
남은 내 시간을 겸손으로 지혜로움으로 보시로 남겨
잘못 살아온 마음 수양하리라 큰 깨달음 얻고 있다

사각모 공중에 힘껏 던져 주세요 _____ 。

경영대학원 최고자 과정 수업도 졸업했다
단순하게 대학의 풍경을 기웃거리고 싶은
호기심이 마음을 달뜨게 한 까닭도 한몫했다
운암아파트에 거주하던 3월 봄
20번 아주대행 버스를 타고 가면
두 시간 남짓 시간이 소요된다
18시 30분까지 강의실 입실
다양한 직업들의 명함을 주고받는 원우들
선배 기수와 함께 강의를 듣는다
글 쓰는 나로서는 수필집이 명함이다
교수진들의 두 시간 강의 끝나면
뒤풀이로 음식도 먹고 술도 곁들인다
21시 30분 급한 걸음으로 먼저 일어서는 발길
운암행 버스를 타기 위해서다

마이웨이(My way)

매주 화요일 저녁은 어떠한 약속도 선약도 취소하면서
다녔다 나이든 노년의 만학 그래도 다양한 사람들과의
교류 친분 재미도 보람도 느낀 1년의 세월이었다
졸업장과 사회자의 멘트
공부하시느라 애쓰셨습니다
머리 위에 쓰신 사각모 공중에 힘껏 던져 주세요
일제히 함성을 지르면서 사각모를 공중에 던진다
감회가 남다르다
평생 대학교 안을 기웃거릴 기회가 없을 줄 알았는데
이런 기회를 마련해 주신 닐스영어학원장님께 너무 감사
하다 잘 할 수 있을까 조바심 속에 끝낸 과정
도전과 하면 된다는 용기를 얻었다
살아가는 것에 감사하다

선물 _____ 。

요사이 건강 염려증 때문만이 아닌 갑상샘 이상으로
병원을 드나든 지 벌써 9년이 지났다.
몇 번의 수술로 병원 신세를 진 이력이 있기에
드나드는 번거로움 두려움도 익숙했지만,
70줄에 들어선 세월에 병원을 드나들다 보니 자식들
바쁜 시간을 뺏고 있다. 막내아들에게 갑상샘 이상 증후가
있다는 검진을 숨 가쁘게 이야기했더니,
친구가 근무하던 병원에 전화해 바로 예약해 지금까지
그 병원에 다니며 정기검진을 받는다.
막내의 사업상 바쁜 일정에 대신 큰아들이 대전에서 올라
와 오산에서 나를 데리고 서울에 있는 병원으로 오간다.
100여 킬로미터 거리를 이즈음에는 일주일이 멀다 않고
달려오는 번거로움에 고맙기도 하는데,
결혼 후 분가해 떨어져 살다 보니 자주 만날 수 없었다며

마이웨이(My way)

앞으로는 어머니 계신 오산집에 자주 오겠다고 한다.
이런저런 이야기도 나누며 카 오디오에 내가 듣고
즐겼던 음악도 틀어준다.
늘그막에 건강 때문에 자식들 번거롭게 해주는 것 같아
안쓰러운데,
어제는 수술 전 심장, 폐, 혈압 등 몇 가지 기본 검사를 한
결과를 보러 갔었다.
60대가 넘은 환자들 수술은 젊은이들 같지 않아
이상 소견을 추적해야 한다는 병원의 규칙으로 일주일 전
물 몇 모금으로 금식도 하고 서너 시간 진행한 검사였다.
찾을 때마다 북적이는 환자들과 방문 하는 사람들.
이곳만이 아닌 모든 대형 병원마다 그렇다고 한다.
살아가는 자체가 기본적으로 병을 앓는 과정이려나.
나 역시 몇 번의 입원 수술 등으로 병원을 드나든 이력이

있다. 지금은 갑상샘 때문에 병원을 찾았고
예약 시간이 훌쩍 지나 담당 교수님과 미팅, 검사 결과를
보여 주신다.
내 나이에 심장 · 폐 · 혈액검사 결과가 정상이라며
수술 무난히 진행될 거라며 빙그레 웃으며 격려해준다.
그만한 나이에는 체력 관리도 힘들 텐데 이상 소견 없이
정상이라며 운동 열심히 하는지 묻는다. 웃을 수 있는 결
과이다.
물론 수술은 하여야 하지만….
조금이라도 어느 한 곳이 삐걱거리며 브레이크 걸렸다면
수술 전 염려로 마음 쓰였을 것이다.
한파로 움츠리며 걷는 걸음이 그래도 가볍다.
이대로 살아가면 자식들 걱정은 반으로 줄어들겠지.
내게 준 이 순간도 누구의 선물일까. 참 고맙다.

노래하는 수레 ＿＿＿＿ 。

우연히 유튜브 영상을 보았습니다.
수레에 만물상을 싣고 구성진 노래가 흐르는데, 기막힙
니다.
요즈음 보기 드문 꿀 목소리. 그런 감칠 맛 나는 남자분이
구성지게 부르며 영업하는데, 장애가 있네요.
어느 분인지는 모르지만, 고령 오일장에 물건을 팔러
나오는 영상을 찍어 올렸습니다.
이웃 상인들은 노래에 취하고 음료수도 나눠 줍니다.
장 보러 나온 행인들도 노래에 끌려서 물건을 사기도 합
니다.
장애가 있었지만, 노래로 타인에게 즐거움을 덤으로 선
사하는
영업이야말로 최고의 세일즈가 아닐까요.
한세상 살아가며 늘 희망만 보이지 않는 게 인생사입니다.

굴곡진 시련도 넘어야 할 과정도 숙제로 풀어야 하지요.
언제 그리 다양한 노래를 배울까요. 정확한 박자 음정
요즈음 가수 뺨치는 실력.
지나가는 길이라면 고령의 오일장 들려
보너스로 박수를 치고 싶네요.
고령의 스타로 거듭나시고, 올해 대박 나세요.

마이웨이(My way)

사천의 한적한 시골마을 ＿＿＿ ○

해설피 한해가 기울어 저물고 새해가 되었다.

무술년(황금 개)이다. 충직하고 주인을 잘 따르는 동물로
어찌 보면 동물에서는 인간에게 가장 가까이 있는
가족 같은 반려견이기도 하다.

몇 년 전까지만 해도 키웠던 동물 이제는 혼자 허둥거리며
지내다 보니,

키우는 일이 만만하지 않을 것 같아 곁에 두지도 않는다.

경남 사천의 한적한 시골 마을. 가을 들녘의 수확이 끝나
조용한 작은 동네. 외딴곳에는 날마다 소요스럽다.

티브에서 본 프로.

버려진 반려견들을 도축될 위기에 있는 개들을 사들여
100여 마리를 거두고 있는 스님의 일상을 보았다.

부처님 모시고 염불할 기도처를 유기견들에게 내어 주고
치료도 하고 먹이도 준다.

나이든 노인도 있었다. 스님이 호칭하는 처사님.

처사님은 스님의 친아버지 속세를 떠난 종교인으로

법명을 받은 스님에게 아버지는 스님이라 존칭하고 아버지를

처사님이라 부르며 함께 지내는 부녀의 모습.

울타리 너머 탈출한 개들을 찾아 몇 킬로미터씩 달려가

데려오기도 하고 큰 절에 기도하러 원정 가 받은 기도비로

사료도 치료도 하는 스님의 생활이지만,

본인은 아마도 전생에 개들을 괴롭힌 업으로

지금 이런 수행도 하는 듯하다면서

다음 생에는 모두 인간으로 태어나 주길 기도한단다.

지극한 정성이다. 아무나 할 수 있는 자비가 아니다.

부처님께 기도하며 염불할 때도 곁에 두고 지켜본다.

꽃다운 여인의 삶이 아닌 수행자의 길을 선택한 딸의 모
습을

아버지는 운명이라고 이야기해준다.
스님으로 모시며 함께 살아가는 지금의 자신의 삶도
운명이라는 아버지.
좌충우돌. 하루도 조용하지 않은 절집 소요스럽지만
아름답고 가슴 찡한 모습이다.
해외로 입양 보내는 과정에 또다시 유기견들을
데려다 거두는 스님.
너무 멋지십니다.
'나무아미타불'

○

제2부

내려놓는 연습하기

어머니가 하루를 여는 시간 _____ o

잠 못 이루고 새벽을 맞이하였다
나의 어머니가 하루를 여는 시간이었다
어머니는 뒤척이는 시간으로 밤새우다
여명이 트지도 않은 새벽을 열고
식구들을 위해 부엌에서 서성거리신다
작은 체구로 열 식구가 넘는 끼니를 일찍 준비해놓고
한걸음에 시장을 한 바퀴 돌며 팔 채소를 주문해온다
숱한 세월 머리에 이고 다닌 보따리 무게만 해도
몇천 근일 텐데
어찌 그리 순응하며 당신의 운명이라 했을꼬
양반의 가문이라 내세운 시집 틀 속에서
어머니의 고달픈 여생
어린 자식들 눈에도 한없이 가여웠던 어머니의 삶이었다
시집살이시키는 호된 성미의 할머니

마이웨이(My way)

어머니 보호하려 앙살하던 자식들 사이에서
어머니는 마른 침만 삼키셨는데
그 어머니의 삶을 그린 글이 이리도
내 운명도 바꿔 놓을 줄이야
중학교 졸업 후 고등학교 진학하는 친구들이 부러워
야간고등학교 다니려 했지만
그마저도 어머니 안쓰러운 모습에서 희망을 접었다
그리고 글을 써서 방송국으로 샘터지로 저축추진중앙회로
채택되고 원고료 받은 그 후부터 계속 쓰고 있다
어머니의 여생을 볼모로 삼아 도전한 모험이
지금까지 글쟁이가 된 것이다
당신의 업보라며 부처님 앞에서 기도하던 측은한 모습
가장 사랑하고 든든한 버팀목이었던
셋째 오빠를 잃고 넋 나갔던 애절한 통곡도

이제 어머니 따라 천상에 머무르고 있다
언젠가는 다시 만날 윤회의 인연이 오려나
딸이 가슴 아파 써 내려간 어머니의 사연이 아닌
좋은 곳에서 행복한 웃음을 엿볼 수 있는
어머니였으면 간절히 소원한다
새벽. 머무는 어둠. 추위와 함께했던 그때도
어머니는 하루를 어김없이 맞이하였는데
어머니가 그리운가 보다
새벽을 열고 있다

어머니 사랑합니다 ＿＿＿ 。

문득 티브이 보니
어머니에 대한 애절한 그리움을 노래로 부르고 있다
나의 어머니는 여자로 태어나서
일생을 작은 허리 펴지 못하고
동동거리며 삶을 보내신 것 외는
당신을 위하여 편한 숨 쉬지 못한 분이다
자식을 앞세우고도 큰 울음 터트리지 못하여
응어리 남은 생애를 애달프게 살다 간 분이다
여자로 사는 것조차 자유스럽지 못했던 시대
층층시하 뒷바라지도 아버지의 풍류도
당신의 감당할 몫이라 순응한 가엾은 여자
그래서 가끔 가슴속 저편에는
분노 같은 미움이 아버지를 미워했지만
그도 어머니는 당신이 겪어야 할 운명이라 다독이셨지

않았나
나도 자식을 낳고 기르며 부모가 되었어도
어머니만큼 당연히 받아들여지는
숙명이라고 느껴본 적 없이 서운함 드러내고 말았다
이제는 나도 어머니 세월처럼 한세상 살다 갈 길목에 있다
훗날 어머니 뵈면
더 사랑하지 못한 못난이를 사죄드려야 하는데
어느 천상에 머무르고 계실지 오늘 방청객들의 눈물에
덩달아 가슴 아픈 날이었음을 통화하고 싶다
'어머니 사랑합니다'

마이웨이(My way)

오월이 오는데 _____ 。

꽃으로 봄을 연 사월이 지나고
잎새들의 녹음 질 오월이 되었네
분주할 시간이 참 많은 달이기도 하겠다
아이들과 함께 하는 어린이날
부처님 오신 날, 스승의 날, 부부의 날
그리고 잊을 수 없는 어버이날
지금까지 살면서 얼마나 부모님 생각에 치우쳐 있었을까
살다 보니 자식들 생각에 그런저런 핑계로
안부조차 잊으며 수십 년 살아온다
부모님 아니 계시니 친정도 찾을 여가조차 잊었다
많은 형제지만 서로의 삶으로 안부조차 소홀하다
가끔 어머니 생각할 때마다 가슴 아픈 생애
지금의 나는 호강이다 한숨조차 쉬지 못할 만큼
큰 아픔을 안고 떠나신 마지막도 뵙지 못한 죄스러움이

늘 바위처럼 가슴을 누르고 있다 언제 고백해 드려야 하나

눈물조차 마른 바보 같은 자식을 안쓰러워 우시던 그 모습

꽃 한 송이 가슴에 달아드리지 못하고 어머니와 이별했
지만

어머니 사랑합니다 한없는 사랑으로 키워주셔서 너무 감
사합니다

오월이 슬픈 딸 어머니 안부전합니다 편히 계세요

마이웨이(My way)

어머니가 그랬듯이 _____ 。

삶이 준 어머니는 거친 모습은 아니었지만
고운 비단옷을 입지 않으셨다
장거리에 갈 채소 머리 위에 이고
소리도 내지 않는 장사를 시작하였을 때부터
나는 이웃 어머니를 흘낏 엿보기 시작했다
고운 빛의 단아함 화장도 하고 웃음까지
여유 있게 사는 그분에게 눈길이 가곤 했지만
어머니에게 부럽다고 이야기하지 못했다
늘 분주하면서도 정갈함을 잃지 않았지만
화려한 변신은 잊고 살았던 모습
왜 그리 사시느냐고 물어도 보고 화를 내었던
철부지 자식
눈을 감으시고 묵묵히 대답 없던 가엾은 어머니
아버지가 남긴 가난 때문에

연약한 어머니의 행상을 왜 몰랐을까

보리밥도 먹기 힘들던 유년기를

우린 부끄러움이라 아우성만 쳤었다

그렇게 지난 세월에 어머니는 떠나셨다

그 세월 지나 이제는 어머니를 기억하면서

나 자신을 돌아본다

어머니처럼 자식을 위하여

자신의 몸을 돌보지 않을 만큼 여유 있게 지낸다

가끔은 고운 옷도 입는다

화장도 하고

어머니란 단어는 늘 무거운 걸음

당신 무게보다 더 큰 채소 보따리를 이고

새벽길 나서는 뒷모습

가끔은 뒷마당에서 깊은 한숨 소리

마이웨이(My way)

남편의 운명이 아내의 행복을 가름하는 것이 결혼이려나
인연의 고리 그리고 숙명
너무 애잔한 어머니의 인생
자꾸만 기억하는 서러움
뵙고 싶다 시리도록

아버지의 강 _____ 。

인기 없이 늙어 가는 아버지란 단어

나의 아버지

이야기를 맛깔스럽게 하시는 아버지
장이 서는 날
십여 리, 이십여 리 이른 새벽부터
장을 찾는 아버지 친구분들
장터를 한 바퀴 돌고 가게를 찾아오신다
남촌에서 상점을 운영하시던 아버지는
장날은 새벽부터 분주히 가게를 열고 정리하셨다
오후 반나절 넘는 시간
장 구경 다녀오시는 친구분들이 찾아 들고
어머니의 안주상이 마련되어 나오면

마이웨이(My way)

가겟방은 웃음과 이야기가 그치질 않았다
이야기하시는 기술이 남다른 아버지의 말씀
어린 우리도 어른들 술 드시는 저만치
경청하며 듣는다
어찌 그리 이야기를 구성지게 유쾌하게
잘 하시는지
그런 유전자를 물려받지 못한 여섯째인 나는
늘 부럽다
자식들에게도 매 한 대 언어폭력 없이
밝게 키우신 정성
술 한 잔 들고서 멋진 춤사위 보여 주시곤 했었는데
지금은 아니 계신 지 이십여 년 지났다
아버지에 대한 표현이 아주 많이 멀리 있었다는
서글픈 설문 조사

가족의 생계를 책임지며 등 시린 모습의 아버지
어떤 낱말에 물러서야 하는가
씁쓸하다
지금도 계시면 여자보다 더 고운 웃음 속에
자식들 앞에서 춤사위 보여 주실 텐데
가수 주병선의 '아버지의 강'
노래 부르면서 그립다고 보고 싶다고
사랑한다고 기도하였다
'아버지 고맙습니다. 사랑합니다'

마이웨이(My way)

휴전 중 _____ 。

6 · 25전쟁은 내 나이와 동갑이다

태어난 지 한 달 되던 해 1950년 전쟁은 터졌고

부모님과 내 위로 다섯이나 되는 언니 오빠들과

어머니 친정인 정남면 발산리로 피난을 가게 되었지만

갓난아기인 나를 데리고 떠나시기엔

30여 리 길 가는 게 무리였다고 했다

두 살 위 오빠가 홍역을 앓고 있었기에

부모님은 딸로 태어난 나를 두고 떠나셨다고 했다

10살, 8살, 5살, 3살 그리고 나

23살이었던 큰오빠는 해군에 복무 중이었다

어린 자식들 앞세우고

걸어서 가는 것조차 힘들었을 30리 길 외가댁

최후의 선택으로 버린 갓난이

이불 속에 재운 갓난이가 자꾸 마음에 걸려

어머니는 열 살짜리 큰언니를 데리고 밤을 틈타

30리 길을 다시 걸어 남촌까지 도착했는데

이미 인민군들의 다녀간 흔적

살아 있기만을 기도하며 밤길을 달려오신 어머니는

이불 속에서 자는 나를 발견하고

그 밤으로 다시 친정으로 큰언니와 길 떠났다고

생전에 옛날이야기처럼 들려주셨다

만약 그때 인민군에게 발각되었다면

널 두고 떠난 죄를 어찌했을 거나하며

소름 끼칠 만큼 아찔했다던 어머니의 회상

아직도 분단된 국가는 서로 대치 중이다

사변 중 끌려간 친척 오빠도 돌아오지 못하고 있다

생이별의 아픔 언제까지일까

사변둥이로 태어난

내가 겪지 못한 그 날의 비극
옛날이야기 같은 실화
두 번 다시는 있어서도 일어나서도 아니 될 전쟁
오늘도 조국을 찾아오지 못한 영혼을 위해
우린 무엇을 해야 하나

이런 마음 처음이야 _____ 。

드디어 꽃에 시선이 꽂혔다 무딘 감성을 끌어낸 손끝
유년부터 꽃은 큰언니가 가꾸는 꽃밭을 맴돌면서
정성 들여 만든 화단을 훼방 놓고
오빠들 따라 물고기 잡으러 냇가로
자치기, 제기차기 등 거친 놀이를 즐겼었다
결혼 후엔 곡식을 다투며 심으시는 시어머니 손길에
꽃 가꾸기조차 쉽지 않았기에
제풀에 떨어진 들꽃만 눈여겨보았는데
나이가 들면서 환한 모습에 반하고
스스로 꽃집도 찾게 되었으니
오래 살고 볼 일이네 이리 바라보는 마음조차
여성스러워지려니 베란다에 놓인 화분을 들여놓고
날마다 눈인사하고 있다
며칠 전에는 지인분께서 산세비에리아와 함께

마이웨이(My way)

세 그루의 화분을 선물하여 거실이 그득하다
'혼자 적적할 때 꽃을 보시면 즐거울 거예요.'
얼마 전, 입주기념으로 화분을 주고 가며 한 말이다
정말 그럴까 했는데 요즈음 들여다보면서
오늘은 얼마나 하는 호기심과 애정을 갖게 되었다
와! 이런 마음 처음이야. 이제야 본래의 여심으로 들어선
건가?

춘삼월 _____ ○

언제 봄인 줄 알았더냐
묵은 시간이 지루하더냐
겨우살이 춥다고 움츠렸던 나였기에
신비스럽게 보노라
창가로 스며든 햇살과 수군거리더니
발그레 꽃을 보이는 예쁜 모습이
너무 좋아라 나도 그리할 것을
겨우내 창안으로 스며든 햇살보다
바깥이 그리워 쏘다닌 시간
이제는 봄이 절로 스며들 시간이니
너를 보는 나조차 다음의 긴 겨울
너처럼 창가를 자리하고 수군거리며
발그레 미소 엮으마
참 고운 빛 춘삼월이네

마이웨이(My way)

봄 소풍 나온 빛 _____ ○.

봄은 환희다 설렘이다
그리움도 같이 하겠지
겨울이 긴 이유도 또 있겠다
비닐하우스 속 꽃씨를 심었던 부지런한
손끝에서 꽃을 피우고 만인의 연인처럼
봄나들이 나왔다
살랑거리며 춤추는 날 많은 이들이 관중이 되었다
미소도 날려 준다
길 위에 그들의 운명이 결정되는 순간
'너 찜했어' 나도 그리 할 걸 아쉽다
그래도 보았으니 좋았다
휴일도 바람은 분다
꽃구경은 울타리 안에서 한다
잔디도 파랗고 꽃잔디도 예쁘다

4월의 하순 보이는 곳이 붉은빛이지만

오늘은 집안에서 맴돌림 한다

볕이 좋으니 이불 빨래도 하고 갤러리 먼지도 쓸어내고

종종걸음으로 반나절 보냈다

이제야 잠시 숨 고르기하며 바람 부는 마당을 서성인다

연둣빛 나무들이 춤을 추고 있다

묵은 가지들에 보너스로 잎새를 내주고 춤추라 한다

앉아서 관객이 되어본다

맞아 나도 보너스로 뮤직 큐!

우린 잠시 소공연으로 즐겨 본다

소음 속에 나들이도 좋지만

오늘은 그냥 이렇게 바람 앞에 춤추는 나무들의 흔들림에

시간을 보낸다

언제 끝날지 모르는 그들의 신바람

마이웨이(My way)

꽃 같은 환한 미소 _____ 。

몇 년째 꽃을 모르던 선인장의 화려한 외출
시골집이 추워서 움츠린 꽃대가
아파트의 따뜻한 분위기에는
이리 꽃을 피우며 환히 웃고 있다
사람 또한 보듬어 따뜻하게 감싸주고
새로운 환경으로 바꿔 주면
또 다른 감성으로 환히 피게 되리라
감정 없는 생물인 줄 알았는데
이리 환경을 바꿔 주니
자신의 속내로 아름다운 시선을 꽂히게 하다니
추위 속 방황하는 마음들이시여!
따뜻한 공간 속
그대들의 영혼의 안식처인 집으로 들어서서
가족들의 마중 속에 꽃 같은 환한 미소 날리시길

여름이 지난 이야기 _____ 。

봄여름 상추의 자리가 무 천지가 되었다
심심할 거 같아 삽으로 파고 다듬고
씨를 뿌렸더니 푸른 잎새를 너울 흔든다
지난해는 이웃 어른들께서 무를 주셨다
10월에 입주하면서 미처 다듬지 못한 뒤꼍의 텃밭
봄 되면서 상추 고추 심어서
내가 다른 이들에게 나눠주는 인심을 쓰게 되었음이 즐
겁다
씨앗 욕심이 많아서 뿌렸더니
서로 이파리 치켜세우며 아우성이지만
날마다 눈도장 찍는 나를 감동케 크고 있다
가을이 영글면 11월쯤엔
맛있는 동치미 깍두기 할 수 있겠다
가뭄 들면 물 주라고 수도도 설치한

곱상한 막내의 심성으로
물도 뿌려 시원히 샤워도 시킨다
여유 있게 들여다볼 시간이 있어
카메라 들이대니 더 푸릇하게 선보이는 그대들
너무 멋져부러

마이웨이(My way)

가을빛이 여름날 _____ 。

해가 질 무렵 아파트 외곽을 돌면서 산책하였다
걷는 게 건강에 좋다는 정보 더 나이 들어 다리 아프면
그나마 운동도 어려울 거 같아서 30여 분 걷고 있다
60이 넘은 노친네다 언제 건강 잃고 지내게 될지 모른다
이십여 년 지난 척추 사고 후유증이 아직도
나를 괴롭히고 있기에 더욱 염려되는 건강이다
1단지에서 시청까지 두어 바퀴
그리고 3단지로 접어들어서며 마무리한다
담장 안으로 들어서는 걸음 웬일일까
코스모스가 벌써 피었다 진 모습도 눈에 띈다
높다란 청명한 하늘 아래에서 나풀거릴 꽃이
더운 여름에 찾아와 벌써 피고 지다니
신비스러워 카메라에 담았다
이래도 되는 걸까

가을을 기다리며 바라보아야 할 시선은 어찌하라고
지레 계절을 사는 것일까 아무 계절이면 어떤 가요
그냥 피었다가 지고 싶어요
제 계절도 비켜서는 꽃잎에 뭐라 할 수 있을까
그냥 이렇게 기념으로 찰칵

마이웨이(My way)

겨울을 보내네 _____ 。

여름철에 이사했는데 겨울이 되었다
처음엔 답답해서 어찌 살까 막막했는데
살다 보니 적응하게 되었다 새로운 환경에 대한 낯섦
사방이 문 하나로 닫혀있는 공간 집을 지으려 철거한 시
골집터는
문만 열면 마당에 장독대 뒤란의 텃밭
행랑채 바깥 흙 마당에 풀 뽑기
하루해가 지루할 틈이 없었는데…
누군가와 선약 없는 날은
베란다 바깥을 기웃거리며 시간을 보낸다
단출한 생활도 좋다며 굳이 시골로 들어갈 거냐며
만류도 하지만 습성대로 사는가 보다
모기와 파리와의 전쟁을 치르더라도
집 지으면 이사하리라 그래서 이곳에서 보내는 시간에

다소의 지루함을 잊고 있다 눈이 내린다는 지인의 문자
눈 치울 걱정 하지 않아서 좋겠다지만
소복이 쌓인 눈 치우는 수고로움도 낭만일 수도 있는데
겹겹이 눈꽃처럼 내려앉은 나목들의 멋스러움
그것은 향수이다

함께 살아가는 길 ＿＿＿ 。

언저리의 겨울은 잔설이 남아 있는데
집안의 화초는 사철 푸르름이다
창을 비추는 햇살이 그들과 동무한다
한 뼘이라도 더 받기 위해 햇살을 향한 소망
사람들의 간절함도 그럴 것이다
겨우내 곁에서 바라보며 그들의 성장을 지켜보았다
물과 온도 햇볕의 삼박자
조건이 갖춰진 환경이기에
싱그러움도 있을 거라는 것을 사람도 그럴 것이다
보호하고 사랑하고 따듯하게 손길을 주면
살아가는 용기도 도전도 희망도 있을 것이라고
함께 살아가는 길이니
이런 자연에서도 배우고 익히고 있다
작은 생이라도

운암길 _____ ○

구월이 지난다 가을이라 여겼던 그 시간도 지나는 길목
돌아보니 이곳에서의 생활도 일 년을 넘기고 있었다
낯선 곳으로 들어선 지난날
어찌 적응할까 서먹했었지만 시간을 보내고 나니
조금씩 익숙해진 길목 밀집된 단지 내 터전
서로를 무심히 지나치는 도심 속 인심이 두려웠지만
그래도 자신들의 일상에 충실한 도시민들이다
이제 며칠 남지 않은 입주
설레고 고대하던 40년 지기 터전
그 생활을 위해 잠깐 머무른 운암길도
이제는 들어설 기회가 없을 거 같다
일 년여 머물며 이웃하고 지낸 사람도 없다
그저 볼일을 위해 문을 여닫는 기척만 오고 갈 뿐
산골보다 세련된 도심 속 인심을 이해하기 위해

마이웨이(My way)

다소곳해야 했었다 아쉬움 두고 가려니 정이 남는다
마실처럼 기웃거리면 누군가 알아주려나
가을이 익는 소리가 바람 타고 부스스 떨어진다
운암길 따라

내려놓는 연습하기 _____ 。

태풍이 지나갔는지 밤새 비 내린 하늘이 구름만 놓고 있다
어수선한 집 정리 후 남은 모습 단순히 곁에 두고 싶어
수십 년 자리한 묵은 항아리와 세간들을 떠나보냈다
누군가는 뒤꼍에 장식처럼 진열하지 버리느냐고 하지만
나 또한 비움의 준비도 하는 나이이기에
너절하게 늘어놓고 훗날 자식들 대에 정리를 부탁하면
버리는 수고로움을 하게 될 거 같아
마음 한편으로는 섭섭하지만 눈 감고
지인에게 가져가라 했다
시어머니의 세간살이 내가 쓰던 살림살이
정신없이 처박아두고 몇 번이나 쓰고 있었나
욕심껏 장만하고 쓰지도 않으며
눈요기로 두고 본 물건들 아파트로 나오면서 철거한 집
기들

마이웨이(My way)

한푼 두푼 모아서 사 둔 기쁨도 그때뿐인 것을
단출하게 살아가는 세대들에게는 짐이 될 수도 있으리
버리고 비움 가벼움 그렇게 보내자
나 또한 짐이 되는 세월이려니 서서히 준비해야겠다
거추장스러운 짐꾸러미 내려놓는 연습하기

매미가 입주를 반기네 ____ ◦

이사를 했다 그것도 아파트
임시로 거주하기 위해서 짐을 꾸리고 정리하고…
60년이 넘은 나이에 태어나 처음 이삿짐을 싸다니
뭔지 모를 신기한 체험인 듯싶다
널브러진 마당도 뽑을 잡초도 없이
네모진 공간이 마냥 호기심이다
베란다에 빨래 널기, 엘리베이터 타기, 비밀번호키
새로운 경험
누군가는 이웃도 모르는 삭막한 터전이라 했지만
여기도 분명 사람 사는 곳
이제부터 낯을 익혀야겠지
미로 같은 단지 내 309동 아들이 염려되는 말을 한다
"엄니! 309동이니 잘 찾으세요."
매미가 입주를 반기네

마이웨이(My way)

새집을 짓고 _____ 。

결혼하고 정착한 가장리에 새로이 집을 짓고 있다
아파트 생활도 일 년 가까이 됐건만
도무지 적응이 어려워 낯설다
물고기도 저 놀던 물이 좋다고 했던가
어찌 보면 태어난 고향을 떠나 살던 곳은
가장리나 지금의 아파트나 타향살이는 매한가지지만
수십 년 적응된 남편과 살던 곳
산골이 더 애착이 가는 것은 어쩔 수 없는가 보다
막내아들 감독하에 꼼꼼하게 집을 짓고 있다
이 더운 여름날에 햇볕과 먼지에 말끔한 미남이 검게 탔다
그래도 어머니가 사실 곳이니 더위쯤이야 빙그레 웃는다
콘크리트 벽체가 완성되고 정신없이 흩어진 건축 자재
안전이 우선이라며 이리저리 살피는 모습이
대견스러우면서도 감동이다.

시골에서 자랐지만 도시 아이처럼 컸기에
힘든 일 감당할 수 있을지 염려되었다
자재와 인력까지 입주 날을 기다리는
성급한 에미의 마음도 다스리며
오늘도 서울서 오산으로 오가는 막내 늘 고마워요
향수에 젖어 노래하듯이 가장리를 떠올리며
수다스러운 내 이야기도 묵묵히 귀 기울이는 마음
이렇게 더운 날에는 한숨 쉬어가며 일하기를
후박나무 그늘 시원한 곳에서 땀 식혀 가며
낮잠 청하여도 좋으리 조금 늦게 입주하지요
가을바람 불 때 들어서면 더욱 좋을 곳

마이웨이(My way)

기림재 _____ ○

가을볕이 고운 마당에 비를 내리는 날
차 한 잔의 여유가 생겼다
이사 하고 짐 정리하면서 정신없이 분주스럽던 며칠을
잠시 쉬라고 내리는가 보다 일 년을 바깥으로 나돌면서
마음 두지 못한 아파트단지 하지만 지금은 그곳도 궁금
하다
짧은 시간의 인연도 인연이려니
이곳이 그리워 재촉한 마음을
막내아들은 더욱 바빴을 손길
아주 예쁜 집을 완성해놓고 이제 긴 숨을 내쉰다
여생을 즐겁게 보내시라는 응원 속에
가을볕이 고운 바람 또한 맴돌림 한다
이른 아침 음악으로 소요를 일으키며
위층으로 아래로 휘젓고 다닌들

마이웨이(My way)

층간 소음의 시비도 없으니
편안하실 거란 격려도 행복이다
비 오는 날 더욱 운치 있는 '기림재' 찾아오세요

※ 기림재 : 친정 막내 남동생이 지어준 집 이름.

매부를 그리는 처남이 쓴 편지 _____ 。

푸른 안개가 짙게 깔리는 어느 늦봄에
질박하고 훤칠한 그가 성황당
새벽이슬을 깨뜨리며
한 걸음 한 걸음 앞으로 나아가고 있다

그의 소망은 가족이며 삶이며 생명의 근면함을 등에 업고
늙은 어머니와 처자식의 힘이 되고자
들과 산으로 번쩍이던 모습이 생생하다

아직도 겅충거리며 훤칠한 키를 세운 매부가 그리워
터전에 염원을 담아 '기림제'를 세웁니다

－천상의 매부께 부치는 글 2014년 10월 20일

막내처남 올림

마이웨이(My way)

이런 시간은 언제 또다시 _____ 。

낮에 갤러리 문을 열고 들어섰다
큰아들 조각 작품 막내의 엘피판 진열
문틈으로 먼지가 마실을 다녀가 청소했다
문득 책꽂이에 앨범이 있기에 뒤적였더니
두 아들의 모습이 사진으로 남아 있었다
짧은 머리의 중등시절의 해맑은 막내의 모습
고등학교 졸업 후 청재킷이 잘 어울리던 큰 아이
서너 살 막내를 데리고 찍은 내 모습
십여 년 전 돌아가신 시어머니 모습까지
참으로 세월 많이 지났다
하루를 보내는 시간이 언제 이렇게 지났을까
성년이 되어 각자 자신의 삶을 위해
객지로 떠나 있는 두 아들
대견스럽기도 하지만 뭉클함이 밀려온다

먼지를 닦아내고 앨범을 접고 안채로 들어섰다
많은 식구는 아니었어도 두 아들이
해맑게 웃으며 대문을 들어섰던
유년의 시간이 그립다
모두가 자신의 몫을 사느라 흩어져 있어
이따금 함께 모이는 것조차
일 년에 몇 번이나 되는가
겨울이 내려앉으니 더 생각하는가 보다
봄 여름 가을은 지천에서 시선을 끄니
정신없이 보냈는데 텅 빈 모습들에서
쓸데없는 마음으로 넋두리하는가 보다
이렇게 인생은 흐르고 자연으로 가고 있을진대
행여 마음 외롭다 내색하지 말자
빈 곳에도 나름의 운치도 사색도 명상도 느낄 수 있겠지

마이웨이(My way)

피서 왔어요 _____ ○

비도 내리고 다른 선약도 없고 해서
일주일의 휴가를 집에서 보낸다
잔디의 파란빛에 눈요기하면서
오늘은 주말 2층 데코에서 피서를 한다
와! 산바람도 강바람도 아닌데 아주 시원한 바람이다
저만치 6차선 달리는 차들도 보이고 구름이 지나가는 하
늘도 보면서 노래를 부른다 신선놀음이다
먹거리 들고 옷 보따리 들지 않고도 저렴한 피서
커피 한잔과 분위기 있는 음악 땀이 절로 스며든다
아, 보너스로 매미도 울어주네
올해의 피서 알뜰하게 보내고 있다고 너스레 떨지만
그래도 길 위에 나서는 더운 여행도 나름 맛있으리라
다시 시간표 짜볼까 아니지 이리 시원한데
그냥 집에서 피서하지 뭐

게으름 놓다 _____ 。

모든 일이 조금 더 있다 하는 게으른 생각에 갇혀 완성하
는 게
더딘 요즈음 여름이란 핑계로 두 배 게으름이 크다
비 오는 날은 창밖의 운치로 때를 놓고 햇볕이 내리는 날은
땀 식히느라 때를 놓치는 반복된 일상에서 잠깐 다녀간
막내아들 '어머니 요즈음 글쓰기 안 하시는가 봐요'
잘 쓰는 글이 아니라는 것을 알면서도
게으름 놓을까 봐 염려되는가 보다
나이를 생각한다면 의욕이 저하될 시기이다
아니면 다른 곳에서 재미를 찾는 에미라서 그런가
완벽하게 성취하는 자신만의 특기를 가진 재주꾼들
그들만큼도 아닌 일상의 취미로 시작 한 가요를
조금은 터득하고 작은 무대에 서서 부르게 된
 기회가 몇 번 있음이 거들먹거리는 것은 아닐까

마이웨이(My way)

아들의 물음이 다소 긴장을 갖게 한다
한 곳을 향한 노력 탐구 그렇게 해도 완벽한 작품 탄생할까
글도 아닌 노래도 아닌 어정쩡하게 서 있으려 하는
애미가 궁금한가 보다 감흥을 감동을 주는 무대 위에서
의 매너
소리, 타고난 재주도 없이 뛰어든 모험 이마저 게으름 놓
다가
정말 분해되는 시기엔 무엇을 하며 놀까?

수요일의 아우성 _____ ○

결혼 후 10여 리 길을 버스 타고
마트도 재래시장도 찾을 수 있던 시골 생활
와! 아파트 단지에는 수요일마다 난전이 선다
밑반찬, 과일, 채소, 먹거리
젊은 층 주부들과 아이들을 위한 예쁜 생활용품까지
엘리베이터 타고 오르내리며 필요한 물품 구매
조금 양이 많다 하면 배달 서비스까지
직장인들의 퇴근 시간은
아이들과 손잡고 나온 가족들로 붐비고 있다
참 살기 편하다
며칠간의 쓸 용품을 구매해서
버스로 이동하는 번거로운 시간을 소비하던 나에게
신선한 체험이다
단지마다 요일을 정하여 운영되는 장터

마이웨이(My way)

생활하기 편하다 간편하다 깨끗하다
장점이 많은 아파트 시설 그런데 왜
정을 두지 못해 번거로운 생활을 하려 할까
누군가는 그냥 지내다 보면
익숙하고 편할 거라 한다
그래도 가야 한다고 마지막까지 지켜야 할 의무처럼
단호한 내 고집에
자신도 언젠가는 귀촌에 생각을 두어야겠다며
한동안 편리함에 마음 둘 거라 한다
조금 불편하지만
귀퉁이에 흙을 비집고
상추 아욱 쑥갓 등 푸성귀도 심어 들여다보는
쏠쏠한 재미를 알게 되면
번잡한 도회지 벗어나고픈 내 마음 알게 되리라

손녀 이야기 _____ °

아들 둘만 둔 내게 아들 내외는

금쪽같은 손녀를 안겨주었습니다 딸 없던 집의 경사였지요

재잘 차분 심성 어른스러운 손녀 9살배기지만

책을 많이 읽어 학교에서 독서왕으로 상장도 받았다네요

논리정연한 말씨 동생의 투정도 어른스레 이해하지요

특히 할미를 엄청 챙겨주는 말씨는

눈물이 날 만큼 뭉클하답니다

할아버지의 사랑을 지금도 기억하고

홀짝 눈물 보이며 보고 싶다는 아이이기도 합니다

이 아이를 처음 마주하던 날 나는 소망했지요

당당하면서도 모든 이들에게

사랑을 나눌 줄 아는 현명함과 지혜를 포용을 지니는

덕망 있는 여성으로 살아가기를 기원했습니다

공부도 맛깔스레 잘 하는 것이 제 에미를 닮은 듯합니다

마이웨이(My way)

할미가 염려되어 걱정스럽다는 속 깊은 정
꼭 안아 주면 살짝 웃어 보이는 녀석
건강하게 예쁘게 자라주길 소망합니다

할미 사랑 _____ ○

제 손주입니다
잘 생겼다고 스스로 자부하는 녀석이지요
명랑하고 제 소신껏 하는 녀석
오산집 공란식 할미를 친구처럼 따르는
멋진 녀석이지요
손녀 손주 사진 선 보인 적 없는데
너무 살가운 마음 웃으면 누구든지
반할 매력이 있답니다
다섯 살 말 듣지 않을 나이겠지만 싹싹하니 잘 따르네요
음악을 좋아하네요 리듬도 타고 명랑하게 컸으면 합니다
아프지 않고 예쁜 마음으로 자랐으면 하고요
오늘 할미가 딱 꽂혀서 이리 선보이네요
할미 사랑일까요

마이웨이(My way)

인연 _____ ○

10살 아이의 인연을 들었습니다
손녀인 아이가 내게 물었습니다
할머니 인연은 어떻게 오는 거지요?
그리고는 이선희 가수의
인연이란 노래를 좋아한다며 부르네요
가슴이 먹먹합니다 아직도 아기 같은 아이가
인연이란 노래를 하며 내 손을 잡네요
추석 명절을 맞아 찾아온 큰아들네
손녀인 아이가 어른스레
인연에 대한 노래를 부르고 있습니다
다시 보게 되는 그날
어른들도 부를 기회가 없던 노래를
어떻게 배웠을까
꼭 끌어안아 주었지만, 눈물 납니다

내게로 온 지은아 너는 할미한테는
세상에 둘도 없는 소중함이란다
태어나줘서 고마워
아이의 미소 할머니 너무 사랑하고 진짜 좋아요
이런 인연은 어디서 온 것일까요
애틋하게 할미를 걱정하며
인사를 하는 어른 같은 아이
배웅하며 떠나가는 아들네 식구가
보이지 않을 때까지 서 있습니다
우연이라도 필연이라도 소중하겠죠
모두가 자리에 없을 존재들이기에
보름달보다 아이의 노래가
더 마음 가까이 있었던 날
다시 듣습니다, 아이처럼

마이웨이(My way)

참 한가하게 _____ 。

북적거리며 다녀간 큰아들네 식구가
대전으로 내려가고 내 일상의 시간이다
태양이 가로막는 외출 그래서 집안을 맴돌다 보니
아주 고요롭다 혼자만의 기척
바람도 잠재우는 뜨거운
열기에 백기를 든 패잔병처럼 무릎을 꿇고 만다
한여름도 있어야 만물의 성장이 이루어지기에
목마름에 애꿎은 냉수만 들이켜면서
마당 끝 꽃송이를 보았다 봄 다른 모종 속에 숨어서 들어온
두 뿌리의 백합이었다
언제 피울지 모르는 아주 작은 알갱이들이기에
흙 속에 묻었는데 여유로운 오후 속 시선을 끌고 있다
잠시 한눈파느라 잊었던 땀방울
태양에 드러난 꽃송이들도 지지 않고 있음을

그래 이 더위도 언젠가는 움츠리며 물러설 계절도 있겠지
여유를 갖자 참 한가하게

마이웨이(My way)

쌍무지개 뜨는 날에 _____ 。

하늘이 고운 수를 놓았다
오랜만에 유년의 아이처럼 호들갑스럽게
하늘을 보고 소리쳤다 와 -쌍무지개다
정말 열로 뜨겁던 저 하늘에 무지개 뜨고
아련한 소녀 시절로 마음 달뜨게 한다
가을빛일까 바람 소리가 남다르고
서늘한 기운마저 움츠리게 한 그 순간
빗방울과 무지개가 하늘을 가로질러
다리를 만든다
잠시의 감상 손끝도 떨림 속에 셔터를 누르며
입가에 미소는 먼 시간 너머 아이를 닮는다
곱다 탄성 지를만하다
언제 찾아올지도 모르는 이 순간이
마냥 좋았던 자리 아들과의 데이트 잠시 잊었다

한 세대를 건너서 만났네 _____ ㅇ

50여 년 전 DJ가 들려주던 음악 다실
며칠에 한 번씩 비틀스, 싸이먼& 카펑클, 폴 앵카, 톰
존슨 등
여러 팝 가수들의 노래를 듣기 위해 찾는다
젊은이들이 그들에게 반해서 귀 기울이며 즐기고 있었던
오산에 유일한 마실방이었다
두 오빠가 즐겨 부르기에
덩달아 따라서 흥얼거리던 그들의 소리
참 행복했던 그 시절을 추억 삼아
결혼 후 두 아들에게 이야기해주었는데
막내아들은 엘피판으로 그들을 만났다
서울 생활에서 쉽게 접할 수 있는 여러 장르의 문화 속에서
자신보다 한 세대 위인 엄마의 추억에 호기심 있었나 보다
임시 갤러리에 보관된 수천 장의 엘피판

마이웨이(My way)

아들은 세계 각국의 뮤지션들의 소리를 들으며
나만큼 들뜨고 즐거워했을까
대견스럽고 고맙다 세대를 넘어 내가 들려준
그들의 음악적 전설을 받아들이며
보물처럼 간직하는 아들은
자신의 2세에게 대물림해주고 싶단다

안부 전합니다 _____ ○

두 아들이 대학 진학하던 90년도쯤
척추를 심하게 다친 후유증을 안고 산업 현장에 입사했다
농사짓는 남편을 도와 아들들 용돈이라도 마련해주기 위
해서다
연로하신 시어머니 계시니 멀리 직장 잡기 어려워
집 가까이 있었던 작은 생산공장이었다
회사에 들어서 입사 원서 내려고 사무실을 기웃거리는데
마침 사무실을 나오던 건장한 체격에 잘 생긴 청년이 내
게 물었다
"아줌시 뭣땀시 오셨소?" 진한 남도 사투리로 말했다
현장에 일하려고 입사했다고 하자
자기를 따라오라고 한다
그렇게 처음 만난 계장 직급의 그 청년
사무실에서는 업무 계장 제품을 차에 싣는 상차계장

마이웨이(My way)

기계가 돌아가는 작업장에서는 소모품 챙겨주는 관리계장
참 바쁜 사람이었다
낯이 익어 갈 무렵 결혼 전이냐고 물었더니
이 사람 허허 웃으며 남매를 두었다고 했다
고등학교 시절 어느 여학생과 데이트 하다가
그만 결혼까지 하게 되었고, 삼십 대 초반에 아들이 중학
생이란다
딸은 초등학교에 다니고 있다며 겸연쩍게 웃더니
철없던 결혼이다 보니 아이들의 엄마는
집을 나가고 혼자서 두 아이를 데리고 산다고 했다
내가 글을 쓰고 있는 것을 안 계장은
작업장에 들어설 때마다 자신의 형편을 이야기해주었다
어느 날은 편지를 썼다며 주머니에서 편지지를 꺼낸다
얼마 전에 같은 사무실에 근무하는 아가씨가 마음에 들어

자신의 형편을 이야기했다며
사랑 고백을 하려 하니 용기가 나지 않아
편지를 썼다는 내용을 보여주었다
철없던 순간의 결과
두 아이를 데리고 살아가는 자신에게 마음 주어 고맙다
는 고백서이다
용기를 주었다 진실한 사랑을 하라고
얼마 지나지 않아 계장은 결혼했고
회사를 그만두었다
새로이 맞이한 아내와 두 아이를 책임져야 하기엔
너무 적은 봉급이기에
가로수 누비며 운송할 직업을 선택했다고
누이처럼 따뜻한 마음 용기 주어 고맙다고 인사했다
어디서든 잘 지내요

마이웨이(My way)

그 시간이 벌써 20여 년이 흘렀으니 손주도 볼 나이가 되
었어요
지금도 가로수 누비며 여전한가요
이따금 운송 차량 볼 때마다 기웃거려요
혹시 잘살고 있겠지요
철없던 행동으로 더 빨리 어른이 되었다고
씩 웃던 모습 새삼 기억하고 있답니다
언제 우연히 마주치면 멋진 웃음 주세요

겨울이 좋아 _____ ○

겨울이 좋은 것 하얀 눈이 내리기 때문일까.

어릴 적은 너무 쌓여 눈 핑계를 대고

학교 안 간다고 투정했는데,

어머니는 빙그레 웃으며 네 마음대로 하거라.

아기 때 죽을 고비를 몇 번 넘긴 딸이라서

야단하시지는 않으셨지만,

몸이 약해진 내가 게으름 떤 것이다.

오빠들이 이끌어 자치기 제기차기 공기놀이를 하면서

성격도 몸도 활발해져

지금은 눈이 와도 그냥 외출길에 나선다.

춥다고 잔뜩 움츠리고 두껍게 옷을 껴입어도

겨울이 좋다고 환히 웃으며,

낭만에 젖어 노래를 부르며,

겨울이 좋은 것에 마음 두고.

마이웨이(My way)

제3부

강물아! 너만 흐르지 말고

봄 그리워 _____ 。

조만간 숨어들 잎새조차 바람을 그리워하겠지
떠난다고 해도 언젠가는 그 자리에서
너울거리며 붉은 잎새 춤추는 시절도 있으리라
다만 오늘의 내가 아니듯 내일의 나도 아닐진대
그리움은 가지 끝에 묻어두고
서럽다 아니 하도록 너에게 입맞춤해 주마

마이웨이(My way)

봄이었기를 _____ ∘

가고 있다 이 또한
네 그 모습이 봄인 줄 알았다가
설렘으로 다가섰는데
아차 겨울눈이었네
성급하게 보인 마음 들켜서
미안하지만 나는 네 뒤에 서 있는 봄을
간절히 원했었나 보다 너도 그러지 않을까
공연히 채근하는 내 마음
미워는 하지 않으면 좋겠어
왜냐 한다면 내 마음이 몹시 추워져
네 가지 위에 필 꽃
서성이며 기다릴게
그래도 오늘, 네 모습은
너무 앙증스럽다 소녀처럼

드뎌 입춘 _____ 。

서툰 글씨로 입춘 써 보았다
겨울이 지루할 것도 없는데 호들갑스레
그렇다고 거꾸로 가는 시간도 아닐진대
인생 고개를 세어보니
덩달아 나이도 빠르게 지나는 거 같아
마음도 몸도 성급해지나 보다
퇴색된 풍경에 오늘은 비도 내리고
곧 올 거라는 신호가 아닌가 하고
바깥에 기웃거리는 시선 아 착각이다
참고 기다리면 앞에 서 있을 날들
이 글조차 성급함이겠다
그래도 곧 희망의 계절을 애인처럼
맞이하려는 준비로 봐 주었으면 하는 입춘아
곧 달려오겠지 어디서든

마이웨이(My way)

처음처럼 _____ 。

봄 길 꽃나무 선택의 날
누군가 너를 추천했거든
여린 묘목이라
올해는 꽃 피우지 않을 거란 느슨함으로
한자리 내주었는데
이리 꽃을 피우며 오월을 맞으라 하네
바람이 산들거리니
하얀 꽃잎 햇살에 눈 부시나보다
마주 보는 내가 더 눈부시네
살그머니 보려다 마주친 속마음
어설프게 해명하려다
그대도 나도 수줍게 웃기만 했어
오월이 오는 길에 마중 나온 발소리
너였기에 좋은 날이라 고백할게

커피 한 잔에 _____ 。

4월이라서 좋다
눈여겨 두지 않은 풍경들이
또다시 자리한다 잔디들의 변신이다
떡잎 진 채로 눈 속에 갇힌 겨울
벗어나기 무섭게 삐죽이 내민 연한 모습
몇 달의 주인의 수고로움 보너스로 주면서도
마당을 채우는 초록의 향연 그래서 좋다
한가로이 음악과 커피 향에 믹스된 오전의 시간
누군가에게 연서를 쓰게 하는데
사랑을 지운 이 마음
봄인데 어찌 되살아 날 낱말조차
잃어버렸지만 풍경이 좋다
그네들이 좋다
커피도 좋다

마이웨이(My way)

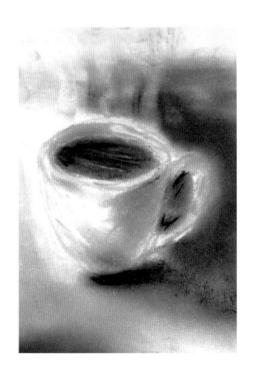

봄나들이 _____ 。

황사처럼 비 온 뒤의 시간이 뿌옇다
봄으로 가는 길목이라 하는가
사람들마저 분주스럽게 배회하는 길목은
눈치 빠른 상인들이 얇은 옷가지를 전시한다
이 꽃들의 잔치도 만찬으로 대접하고 있는
지금 나도 준비해야겠다
겨우내 묵었던 수다
좋은 계절 봄이다
오늘도 그곳을 향하여
바삐 옮기는 걸음

이유 없는 너의 변명 _____ 。

침묵이 흐르다 헛기침했는데
꽃망울이었어
햇살이 내리기에 계절이 바뀐 줄 눈치챘는데
기어이 너를 보네
춥다면 움츠린 내 어깨와 달리
기품 있게 곧추세운 가지마다
연한 꽃망울
우리 봄이라는 걸 너에게서 느끼네
게으른 눈치 변명이야
그래도 이렇게 찾아 준 그대
사랑해도 될까요
이유 없는 고백 그냥 할게요
참 한가한 시간도 너무 좋아서

그리운 것이 무엇이랴 _____ 。

작은 모습에 발길을 멈추고 신기로운 눈길을 주니
기지개 켜듯 꽃대를 치켜세운다
눈 속에서도 숨죽지 않고 파릇한 생명
긴 겨울이 지루하여 몸부림치는 내 시간
보다 그리울 게 없는 모양새이다
찬바람 흰 눈에도 바래지 않은 잎새로
양지바른 터를 잡고 오가는 길손에게
도도하게 자신의 영역에서 겨울을 버티고 있었다
선택할 수 없는 사계의 순환
변덕스러운 마음은 추워서 싫고 더워서 싫고 투정하지만
겨울도 마다치 않는 너는 무엇이 그리우리
3월이 오기 오래전부터 작은 망울의 꽃으로
봄기운이라는 것을 눈치채게 하는
부지런한 생명력 부럽구나 오늘도 봄으로 가는 듯하다

마이웨이(My way)

품속으로 파고드는 찬바람에 두꺼운 외투로 길을 나서는
나를 지켜보았을 그대
'그리 나약한 의지로 어찌 세상살이…'
하지만 너처럼 야생으로 살 자신이 없기에 민감하구나

비가 오는 날 _____ 。

네모진 벽 안에서 내리는 빗물에 시선을 두다
갇혀 있는 공간 속의 나태함
고정된 시야이니 더 볼 눈요기도 없다
잠시 소강상태의 비의 그침
잽싸게 운동화 신고 현관을 뛰쳐나간다
낯선 풍경도 익숙해질 때가 되었건만
도무지 다른 곳엔 발길조차 떨어지지 않으니
내가 있는 3단지 벗어나면
대동아파트 그리고 시청까지 선수도 아닌데 걸음도 빠르
게 걸으며
오래 살 시간처럼 한 바퀴 돌곤 한다
차들의 달음질 그래서 더 빠른 속도
비 오는 날은 무심히 내려놓는
마음의 여유를 가져도 되련만

마이웨이(My way)

건강 해져야 하기에 숙제 푸는 아이처럼
하루도 거를 수 없는 습관으로 조바심하고 있다
그래도 눈요기는 하며 천천히 가라는 모습에
잠시 한눈팔다 또다시 후다닥
누가 부르는지 아직도 어두우려면 남은 시간 맴돌림 한다

장밋빛 인생 _____ ○

장밋빛 인생 시간은 지났다
황혼에 빛을 담는 세월이 뒤따르는 순간에
나를 담고 있음이다
저리도 정열을 품고 도도하게
담장 밖 세상을 기웃거리고 있다
한 번쯤이라도 불타는 빛이 내게도 있었다면
노을에 잠기는 시간을 아쉬워하지 않았으리라
지난 것에 미련을 둔다 해도 어찌 그 순간은 없음에
다만 시선이라도 정열이기를

마이웨이(My way)

며칠의 소요 _____ 。

햇살도 가로막지 못한 찬바람이 겨울처럼 드셌던 날이
며칠을 맴돌다 제풀에 지친 듯 고요롭다
어쩔 수 없는가 보다 이리 꽃들이 시선을 끌며
봄이라 설레는 마음들을 어찌 막으리
채색이 없던 공간에 놓아두었더니 마음조차 환하다
변신이 필요해 갇혔던 추위도 풀어놓고
가벼운 차림으로 봄맞이 가야 하잖아
장롱을 뒤집는다 봄꽃 닮은 차림새 찾기 위한 북새통
그래도 아직은 추위가 더 서성거리는데 조금 더 있다가요
두꺼운 옷들도 몇 달을 처박혀
어둡게 있을 시간이 아쉬운지 마음을 흔든다
소요만 일으킨 내 손끝 미련이 나를 잡아둔다
그래 며칠만 더 시간 줄게 오늘 공연히
마음과 몸이 부산스럽던 날의 일기만 쓰고 있다

바람 소리 무성하다 ____ 。

며칠을 가뭄 끝을 적신 비가 멈춰 서더니 바람이 소란스
럽다
잠을 청하여야 할 한밤의 난리
여기저기서 나뭇잎들이 괴성을 지른다
장마가 몰고 온 여파일까
아니면 가뭄을 적셔준 비의 축제들인가
소요가 잠을 설치게 하고 있다
어디서는 무지하게 난장판 되었을지도 모르는데
어둠이니 가릴 수도 없다
지나가는 길목이었으면 좋겠다
선잠보다 소란 떠는 바깥소리에 참견하려니
어둠이 가로막는다 이대로 날 새게 안 하겠지
아침을 개운하게 맞이하려면 지금부터 잠을 자야 하는데
낮보다 더 말똥한 눈동자 어찌할까

마이웨이(My way)

저 바람이 성내는 사유를 알아야 하나
무엇인가 부러지는 둔탁함 덜그럭거리는 문소리
장단 맞추며 내리는 빗줄기까지 아직이다
아침을 위한 잠을 청하여야 하는데 모른 체하자
그러다 말겠지 휴전 협상 결렬 보고 잠이나 자야겠다
잠이 올까 꿈을 꿀 수도 없겠다 저들이 궁금하니

떨어지는 꽃잎도 갈 길이 있으리 ＿＿＿ 。

며칠을 내린 빗물에 무게를 내려놓는 도화
분홍이 연둣빛과 어우러져 조화를 이루고 있다
봄이 달리는 시간은
이렇게 성급히 떨어지는 꽃잎들에서 실감하고 있는데
머물며 천천히 다녀가기를 소원해 보고 싶다
너무 빠르게 지나치는 숫자
'한 해가 시작되었습니다'
그렇게 설렘은 나날이 지나쳐
봄의 기운도 성숙 되어
이제는 오월의 절정으로 치닫는다
누구에게나 다가서는 아쉬움이려나
아니면 나의 미련이려나
꽃잎 지는 모습이 나이 드는 세월 같아
한동안 머물며 서성거리던 오후

마이웨이(My way)

이 좋은 날들을 ＿＿＿＿ 。

안존한 꽃잎의 시작이

지난 잎새들의 춤사위가 천지를 흔들고 있다

청명한 그들에게서 오월을 맞이하고 희희낙락 나를 즐기며

계절의 여왕 자태를 표현하려 시선을 즐긴다

희망. 도전. 꿈 그리고 은혜

여느 달보다 유난히 분주한 발걸음 잦은 한 달의 짬

사랑을 그리워하며 설렘으로 마중할 준비를 안으로 재워

두는 열정도 느낄 만큼

오월은 나를 바깥으로 자꾸 밀어내고 있다

이 싱그러운 시간이 어김없이 달리고 있다

아직도 고백은 가슴 저편에서 낱말조차 찾지 못하고 서

성이는데 사월을 스치던 바보 같은 마음이

오월을 또다시 스치는 시간에 머물게 하려는가

이 좋은 날들을 정말 바보처럼

여름에 갇혔다 _____ 。

연이은 뜨거운 태양에 맞설 두려움에
집 밖을 나서지 못하는데 폭우가 길을 막는다
내리는 빗물에 시선을 두면서
불편한 일상을 방해받지만
어찌할 수 없이 유리창 너머만 애꿎게 바라본다
빗속을 뚫고 탈출할까 시원한 차 한 잔도 생각난다
사람도 그립다
휴가란 즐거운 나들이도 되겠지만
이렇듯 혼자인 내게는 심심한 시간이다
십여 리 떨어진 시골 생활도 때로는
전원의 조용함 속에서 지낼 만하지만
이리 갇히는 빗속에는 지루함에
하품만 연이어서 하게 된다 빨리 지나야 하리
아직도 더위에 장마에 여름이란 시간이 머물고 있다

마이웨이(My way)

이 공간 속에서 더위에 빗물에 지치면
얼마 있지 않을 가을을 어찌 맞이할까
힘내야겠다 저러다 그치겠지 가는 게 시간인데
오늘도 그렇게 내 넋두리에서 지나고 있다

밤의 역사는 시작되다 _____ 。

불야성을 이루고 밤의 역사는 시작되다
그 대열에 서고 싶은 시선일까
어두운 밤을 밝히려는 내 눈빛이 눈꺼풀 속에서 춤을 춘다
아직은 죽은 듯이 숨죽이고 싶지 않은
뇌리에 채워야 할 무언가를 찾아야 하는데
어둠을 내려야 하는 시간에
헛손질해대는 가련한 중생이여!
찬란히 불 밝히고 유혹하는 저들을 쫓아가던지
아니면 꿈으로 가는 길에 들어서던지…
어영부영 날 새는 줄 모르는 미련한 자

마이웨이(My way)

조금씩 다가서는 그에게 _____ 。

어영부영 빗물에 갇힌 팔월이 한숨 속에 지나쳐 간다
작은 벌레의 울음도 서늘한 한밤의 찬 공기도 준비한다
구월이 시작하기를
나 역시 덥다고 비 온다고 투덜거리며 팔월이 지나가길
바라며
연신 그늘을 찾았는데
이틀만 지나면 드디어 가을이 시작되네
미안하지만 나는 여름살이 힘들어 신난다고 웃고 있다
지나는 시간이 있기에 가을도 있을 것을
미련스레 한 곳만 생각한다
구월이면 뭔가 변화도 없을 일상이면서 투정이었다
맑고 투명한 하늘에 시선을 주면서
입꼬리 올리며 웃어보는 변덕스러운 모습
미안해 네가 있어서 이렇게 설렘도 느낄 수 있었음을

조금씩 좋아하겠어 다가서는 가을빛을
그래도 살맛 난다고 고백하는 마음 미워하지 않을 거지?
수고했다는 보너스의 칭찬은 받아줘

마이웨이(My way)

가는 것을 어찌 잡으리 _____ 。

가끔 풀벌레울음도 베란다 문틈 새로 들려온다
나뭇가지의 흔들림도 예사롭지 않다
소요를 일으킨 매미도 잠잠하다
여름이 제시간 다했다는 신호이려나
무더위에 부채질하던 인내도 제자리다
이렇게 흐르는 계절은 절반을 넘기고
서늘한 기운 맴도는 찬 계절이 서성이겠지
점점 세월이 빠르다는 인사다
시간은 그대로 맴돌림 하는데
저마다 바쁘게 살아가고 있음일까
한 해를 시작한 게 어제 같은데 얇아진 달력
하는 일조차 투명하지 않은 일상 이렇게 가는가 보다
삶이란 시간을 배회하며 늙어가는 것
깊은 밤잠 못 드는 날이면 더욱 초조해지는 날들

인생이란 그런 것일까 태어나
생명의 끈을 놓지 않으려 바둥거리다 원래 제자리로 돌
아가는 것
순환의 반복 속에 때때로 곁들여지는 웃음과 눈물
그렇게 보내는 것일까 씁쓸하다

마이웨이(My way)

기다렸다고 _____ 。

하늘만 보았지
언제 낯선 바람 노닐고 있을까 하고
아직은 미동도 없는 그늘
태양은 아직도 자리해야 한다고 뜨겁게
열을 분사한다
목마름에 시선을 떨구고
이 자리를 피해야 하는지 고민해 보았지만
그냥 살아야 한다
분명 여름이 살아야 가을이 들어서기에
질서를 무시해서도 아니 되는 자연의 변화
나리야 그냥 우리 조금만 참자
사는 낙도 즐기려면 지금도 필요하다니
언젠가 춤출 듯 서늘한 기운도
다가서 있으리

부는 저 바람에 ＿＿＿＿ 。

존재 이유를 묻지 않으마
넓디넓은 우주에 왜냐고 묻지 않겠다
외로워 마라 너의 선택을
나라도 어쩔 수 없음이라고
변명조차 없이 살아가겠어
다만 너에게 소중한 친구들
물, 바람, 햇살
그리고 간간이 마실처럼 찾아주는 객들이 있어
오늘도 푸른빛으로 변신할 수 있음을
고백할 거야
하지만 외롭겠다 아프겠다
언제까지 그래야 하는 거지?
네 모습에 눈물 나
내가 아니려나 하는 두려움에

마이웨이(My way)

흔적 _____ 。

바람이 놓는 시간에 따라 시선도 분주스럽다
얼마 전에는 불야성처럼 철쭉이 붉은빛으로
발길을 끌더니 며칠 전부터
파릇한 잎새가 돋기 시작하면서 오월을 남겼다
장미의 유혹이 열정처럼 시야를 흔든다
태양을 가리는 그늘도 제법 만들어 놓고
잠시 쉬어가라고 한다
숨 고르기 몇 번에 다섯 달을 넘긴 달력은
점점 얇아지고 나이 드는 한숨은 깊어 가는데
무엇이 나를 기쁘고 즐겁게 하려나
햇살이 무서워 안에서 기웃대는 바깥에
작은 시선이 들어선다 무엇의 흔적일까
무작정 카메라에 담았다
가늘고 긴 허리가 바람에 살랑이며 흔들거린다

자신의 존재를 씨앗으로 남기려 맺은 열매
나는 내 존재를 무엇으로 남기고 있을까
70킬로의 속도로 시간을 쫓는 세월에서
다시 숨 고르기로 생각에 잠긴다 남은 시간 유쾌하게 웃자
그것이 내 흔적일 수도 있지 않을지
바람이 잎새와 부딪치며 장단을 친다

마이웨이(My way)

가을을 사는 바람도 _____ 。

문득 가을의 주제로 나를 표현한다면

내 연륜과 맞닿은 계절이라고 해 둘까

소생의 꿈과 화려함을 꿈꾸던

청춘의 시기를 벗어나

맺은 열매 다 털어 내려놓고

겹겹이 두른 무게도 욕심 없이 바람 앞에 서 있는

겸손해지는 그들을 따르고 싶은 어쩌면 내 나이쯤엔

비우는 마음 두어도 좋을 인생살이건만

열정과 겁 없이 뛰어든 푸른 날들에 세월

뒤돌아보면 씁쓸하기만 한데

현재진행 중인 이 삶의 순간에도

또 그리 살기를 소망해야 할지

바람 부는 앞에 결 따라 흔들리는 모습들에서 착잡하다

머지않은 삶의 시간 자락을 부여잡고

가을에서 그냥 서 있으면 좋을까
비가 마음을 훔치는 이런 순간에는

마이웨이(My way)

가을비 내리는 날 _____ 。

비가 흔들고 지나가면
우산도 덩달아 너풀거리어
주인이 비에 젖는지도 모른다
요즈음 자주 내리고 있다
거리는 빗물이 튕겨 아우성이다
횡단보도 위에 서 있다
신호 바뀌기 전 전쟁이다
그 아우성에 빗물이 포물선을 긋고 내 앞으로
이 또한 풍경 일부이다
비 내리는 날 운치 있게 음악을 들으며
운동하러 가는 중이다
가을은 가을이네 더워서 걸음이 더뎠었는데
선들바람에 절로 가벼움이
비 내림이 좋은 오전의 일기

가을 마실 온 봄꽃 _____ 。

봄꽃이 가을 마실 왔다
곁에 서 있는 나무들은 이미 벌거숭이로
잎새들을 털어 버렸는데
봄인 줄 알았을까
여린 꽃대 내밀고 조심스레 기웃거린다
바람 부는 소리가 다른 것을 눈치 못 챘을까
아니면 가을 맛은 어떤지 맛보기 하는 것일까
서리도 내리고 얼음도 어느 늦가을이
배수진 치는 줄도 모르고 철없이
나도는 미아
어찌해야 하는지 카메라 앞에서 여유 부리네
이제 고운 빛 접고 봄으로 돌아가렴
그때는 천지 속에 핀
꽃들의 향연에 탄성도 있단다

마이웨이(My way)

절로 가을이 다가오네 ＿＿＿ 。

바람이 거스르지 않았는데 절로 가을이 다가오네
차디찬 달빛이 고운 날도 있고
잎새의 변화도 있고 내 변신도 있어
그 모습들조차 퇴색되는 날
또 거스르지 않고 찾아드는 다른 빛
그것은 가을이 떠나며 주는 흰빛의 겨울
이렇게 돌며 순환되고 있는데
너는 사계절을 밝히며
계절을 지켜보고 있네
침묵도 소요도 아랑곳하지 않는 밤의 친구
잔잔히 클래식 음악의 분위기를
연출하는 거 같아 나도 가만히 보고 있었지
달빛 소나타
어딘지 모를 그 명칭을 붙여주고 싶구나

좀 더 가을이 깊어지면 네 곁에서
멋진 시 한 수 낭송도 해 볼게

마이웨이(My way)

가을이 왔을까 ＿＿＿ 。

두런두런 그들이 나누는 이야기 살맛 난다
지금까지 덥다고 힘없이 버렸는데
하늘도 높고 바람 또 한 인심 좋게 불고 있잖니
나는 누군가 내게 다가와 왜 이리 더운 거야
푸념하는 것을 들었지
사람들은 감정 표현을 잘해서 그럴지 모르지만
우린 그냥 가뭄도 더위도 살아야 하지
목마르다고 해도 비가 내리지 않음
며칠씩 메마른 채로 있어야 했지
생명을 준 것만으로도 행복이었으니 이제는 살 것 같다
하늘도 청명하니 푸르고 바람 살랑거리며 친구 하자네
우리 가을을 사는 거지 이제 행복인가 아닐 거야
또 우린 다른 날들이 접어 두어야 한다는
시간을 잊지 말자 하네

참으로 멋지다 이 순간의 모습들이
사람들 소리가 들린다
분명 가을을 캐는 그들은 웃고 있을 거야 우리처럼

마이웨이(My way)

창밖은 지금 _____ 。

비처럼 나뭇잎이 차분차분 내리고 있다
커피가 생각나는 풍경이다
이 순간이 지나면
눈이 가지를 차지하며
또 다른 시야를 남기고 있을 거다
무엇이 그들을 이리 탈바꿈시키려나
사람마저 변화하기를 바라며
이 순간을 기다린 마음은 아니었으려나
따듯한 차 한 잔의 여유
가을의 시간
나는 그렇게 창밖이 변화하기를 기다렸으리라
또 떨어지는 잎새의 모습들을

외등 _____ ○

밤이어서 빛나는 불빛
잔잔하게 빛을 내린다
수줍게 내려보는 자태에
다소곳이 내려앉은 어둠
도란도란하듯이 침묵이 가라앉았다
먼발치서 훔쳐보는 내 시선도 모른 채
그들은 밤새워 수다 놓았다
별들도 바람도 계절도 함께였다
나만 외로웠나 보다
비도 내려 함께 하는데

마이웨이(My way)

가을을 타고 떠나고 싶다 _____ 。

가을이 툭툭 저마다의 길을 떠난다
붉게 노랗게 빛바랜 모습으로 어디로 가는 걸까
방향 없이 가는 걸까
삶도 방향 없이 흐르고 있는 것일까
내일이란 시간은 없다는 누군가의 말처럼
순간을 살다 가는 것
살아 있는 모든 생명의 시간
또한, 그러한 건지
창 너머 바람조차 예고 없이 흔들고 있다
가을은 그런가 보다
내려놓고 가는 시간
그래서 겸손하게 옷깃을 여미게 하는 것이리라
가을을 타고 떠나고 싶다
어딘지 모르게

시월의 마지막 시간 _____ ○

내 모습에 시선을 주다
문득 혼자라는 깨달음에 쓸쓸함이 그림자 되어 같이 앉
아있다
낙엽의 변화처럼 모습도 그리 변하거늘
가을 같은 푸석한 내 모습
달리다 보니 황혼 같은 갈림길에 서 있다
이제 갈 곳이라고는 정해져 있는 시간을 기다리는 것
문득 서럽다는 느낌
잎새들이 떨어지는 순간처럼 밀려온다
혼자 사는 연습해야 한다는 지인의 이야기
아직도 서툰 일상이라는 넋두리에 잘 견디어야 한다고
가을 같은 모습도 때로는 낭만에 취할 수 있으니
용기를 가지라는 통화 속 너머 격려
오늘이 시월의 마지막 시간

마이웨이(My way)

누구에게 잊히지 않는 모습이 되길 기도한다고
가을은 그렇게 내 시간을 머물다 가고 있다

여로 _____ 。

만추의 모습이다 이렇게 흐드러지게 쌓이는 잎새들이
겨울의 시간 속에서 무엇이 될지
겹겹이 다음의 생에 보태 밑거름되어 있으려나
바람도 그들의 떠나는 이유를 알기에 흔들고 있나 보다
생을 살아가는 우리네는 사계절을 보내다
어느 순간 속에 자신의 명을 다한 후에나 땅으로 숨어드
는데
여한 없이 한껏 살았노라
빈 마음으로 돌아가면서 후회는 없을까
가을이 되면 겸손과 나눔 무성히 열정으로
휘갑치던 겉치레 벗으며 여한 없이 떠난다
가을이란 시간 속에 이런 그들의 모습조차 아름답다고
탄성을 지르며 이렇게 모델로 카메라를 들이대며 호들갑
스럽다

마이웨이(My way)

187

그리고 그들은 왜 떠나야 하는지조차
계절이 바뀌면 잊어버리는 욕심 속에 있다
나목으로 버티는 차디찬 시간 그것을 알면서도
몇 달의 행복을 털어내는 분신들마저
고운 치장으로 떠나는 이 모습들조차
사람들에게 행복을 느끼게 만든다
시선으로 마주하며 인사라도 해야 할까
언제 그대들과 함께 뒹굴 그 날들도 있으리
떠난다는 슬픈 생각 안 해도 돼요

고요를 품다 _____ 。

어디서 지나치는지 가을은 그리 길지 않은 시간 속에서
조급하게 시간을 품고 있었다
떠나려는 계절을 잡아두려는 바람이
이리 곱게 조화를 이루고 있다
보는 시선조차 황홀한 순간 정녕 가야 하리
가슴 한켠에 보낸 시간이 문득 아릿하게 흐르고 있다
무성한 계절이었음을 기억하는데
언제 빈 모습을 위한 준비를 했을까
얼마 지나지 않을 고요의 침묵도
가지들의 흔들림이 소요를 일으키는
아우성으로 가을도 가고 있으리라

마이웨이(My way)

나목에 미련을 두고 _____ 。

설경 위에서 춤을 추듯
곡선으로 휘어진 나목
오고 가는 이 없는데
저 혼자 노닐고 있다
객이라도 관객이 된다면 좋아하려나
잠시 서서 바라보고 있다
춥다고 웅크린 그림자는
바람이 싫다고 재촉하는데
내 손끝의 카메라는
나목에 미련을 두고 있다
볕 드는 곳이라서 그나마 겨울을 지내지 않을까
언제쯤 멀리 있는 시간을 데려다 놓을지
아쉬운 발길이 더듬거린다

지난겨울의 잔해 _____ 。

설경이 비껴가지 않은 모습인 줄 알았습니다
화사한 빛 그마저도 눈부시게 4월을 맴도는
햇살마저도 저리 고우리라 예감하지 못했던 순수
시리도록 질린 날들이 비켜선 날들이
불과 얼마 되지 않았음에
언제 준비하며 서막을 열었던 것일까요
며칠 전만 해도 거꾸로 가는 계절인 줄 알고
접어놓았던 두꺼운 외투를 끄집어내는 소란스러움도 있
었기에
더욱 반가움인지도 모릅니다
땅 위에는 초록의 빛이 하늘을 쫓는 가지는
순백의 빛이 한 폭의 수채화로 감탄을 줍니다
신의 조화라 할 만큼 대자연의 경이로움
봄은 모든 것을 공평하게 여는가 봅니다

마이웨이(My way)

이런 날에는 무거움 없는 가벼움의 깃털처럼
마음도 내려놓아야겠습니다
봄에 대한 예의 같아서요
눈부시게 화창한 날 바람도 곱습니다

겨울이 살아 있다 _____ ○

야박한 눈이 내려앉는다
철을 모를 만큼 헤매었던 계절이
염치가 없음에 눈을 내리나 보다
길옆 어린이집 아이가 장갑 낀 손으로 눈을 집어 든다
친구에게 환히 웃어 보이며 이런 풍경도 오랜만이다
개구쟁이들이 되어 눈 속을 뛰던 아이들
양말이 다 젖으면 모닥불에 김이 서리도록 불을 쬐었는데
양말이 귀했던 시절이었으니
검정 고무신은 물기가 가득하고
집으로 가기 전 완벽한 마무리다
추녀 끝까지 쌓인 눈 핑계로
가까운 학교도 가지 않으려 했었던 유년
아이들은 노란색 셔틀버스에서 내린다
두툼한 외투 털장화 참 예쁘다

마이웨이(My way)

시절이 좋아진 덕에 모두가 호사다
오래간만에 많은 눈을 보는 마음도 유년의 아이가 되어
본다
더 쌓이면 어떨까 외출 길 힘들다고 핑계 대려나
하얀 눈 참 곱다 멋지다

마이웨이(My way)

바람의 소리 _____ 。

여전히 풀리지 않은 한파
바람은 성난 파도 마냥 마구 흔든다
여기저기서 신음처럼 나뭇가지들이 소리친다
겨울 맛 제대로 보게 한다
꽁꽁 싸맨 옷 사이로 품어 드는 바람
며칠의 소요가 머뭇거리고 잠시 휴전 중인데
언제 또 그 성을 내며 달려 들어올지
그래도 이 또한 겨울이란 계절이 주는 맛일 게다
외출에 나서는 길 와- 춥다
마음이 허전함 플러스 부는 바람 며칠 전의 이야기이다
한 해의 첫 달도 기울고 아마 부는 바람도
언젠가는 쉬게 될 거야
그때는 어깨 펴고 한눈도 팔고 여유 있으리라
젊음이 지난 나이지만 도도하게

지나가는 바람이려니 _____ 。

아직 꽃눈이 피지 않은 나목을 생각했을까
살짝 곁에서 포즈를 취하는 엷은 꽃잎
시간을 보내며 '어느 사이'란 수식어를 덧붙이고 있다
한동안 추위로 움츠린 세상은 변덕스레 탈바꿈하여
온천지를 연한 빛으로 흔들겠지
사람 마음 까지 달뜨게 하며 축제를 위하여
부산스레 보낼 너의 시간이 지나면 무성한 초록으로
더위 타는 여름과 한껏 부푼 대지 위엔 내려놓는 이별과
떠나는 여행으로 퇴색되는 가을이 겸손하게 지나고
모진 추위도 견뎌야 한다고 바람은 혹독하게
몰아세우는 겨울을 하얗게 남기고…
그 순환의 반복 속에 삶도 회전하겠지
그러면 이 모습으로 다시 서리라
자연이 흐르는 대로 인생도 흐르는 것일까

마이웨이(My way)

삭막한 시야에 펼쳐지는 소생의 모습이 반가워
환하게 웃음 지며 호들갑스레
이 순간을 맞이하면서도 언젠가는 지나갈 시간이라는 것을
염두에 두고 있으니 앞서 떠난 모든 것도 이 순환의 연속
이다
반가울 것도 외면할 것도 없는 의연함으로 겸손하게 맞
이한다
모든 것은 자리를 비켜서야 하는 섭리이리니
언제일까 바람의 한 조각은

폭력은 사람만이 아니다 _____ 。

남향의 잔디 위에 두 마리의 고양이가 있는데
가만히 보니 검은빛 고양이가 아직 어린
노란빛 고양이를 앞에 세우고
앞발로 툭툭 때리고 있다
노랑이 녀석 매를 맞으면서도 가만히 있다
잘못한 것이 있을까 아니면 약자를 괴롭히는 폭력일까
하는 짓들이 귀여워 카메라 들이댔지만
괴롭힘당하는 작은 놈이 가여워
기척을 냈는데도 아랑곳하지 않는다
만약 아이들이 왕따당한다고 말리려면 오히려 봉변당한
다는
어느 노인의 말씀이 떠오른다
어느 집단이나 약자가 당하는 따돌림
동물의 세계도 이러하거늘 감정 있는 사람의 세상에는

마이웨이(My way)

더욱 그러리라
누구도 약자는 아닐진대 상처받는 마음 없으면 한다

인생의 순환 _____ 。

청명한 하늘이 반긴다

구름도 가끔씩 노닐고 있지만 겨울이 곧 올 거라는 기다
림에

이런 날이 반가워 햇살에 눈부신 것은 아랑곳없이

카메라에 담고 싶다

사계처럼 인생의 순환도 닮은 듯하다

아주 여린 싹으로 태어나

시간을 머금고 성숙한 푸르른 날과 모든 것을 내주고도

의연한 모습 차분히 또다시 돌아 갈 공간 속에서

생명에 대한 기다림을 준비한

어쩌면 생명의 반복은 하늘이 정해 주는 것일까

차례를 기다리는 것은 아니지만

태어난 순서가 있지는 않지만 서열은 있으니

저 태양은 수억 년을 지켜본 생물들에 대하여

마이웨이(My way)

존재임을 각인시키며 오늘도 지고 뜨는
뭇 만물들에게 뜨겁게 포옹하는가
언젠가 그의 곁 공기 속으로 가벼이 날아갈 날도 있으리
그날은 나도 뜨겁게 모든 것을 달궈 주리라

가는 길 _____ ○

물처럼 흐르는 세월 끝자락을 잡고 있네
뭐 하느라 그리 가는 줄도 모르고 딴전 피웠나
혼란스러운 분위기 속에 예전 같지 않은 스산한 거리
트리조차 겸손히 서 있는 진열장 안은
주인 혼자 졸고 있다
부산한 걸음걸이지만 어디로 무엇을 향해 동동거렸을까
잊는다는 송년의 모임조차 조용한 거리에 어둠이 자박자
박 내린다 한 살이란 느낌 이제는 다급해져 가는데 이렇
게 딴전 피워도 되는지
불빛에 보이는 버스 안내판 '운암단지'
이곳이 한 해를 보내야 하는 거주지다.
2013년 너를 기억하면 슬픔이 가슴속에서 눈물이겠지만
씩씩하게 보내라고 하던 임의 다짐에 조용히 보내고 싶다
물처럼 흐르는 세월 가듯이

마이웨이(My way)

한 컷의 사진을 기념하다 ____ 。

'성인봉'
울릉도 산 정상까지 오른 후
하산하다 구름다리 위에서 한 컷했다
입때까지만 해도 정상을 정복한 들뜬 기분으로
한껏 폼을 잡았지만
숙소가 있는 저동으로 가는
한 시간 넘는 내리막길이 숨어있는 줄 어찌 알았을꼬
점심도 거른 채
물 몇 모금만으로 목을 축인 네 시간 여정의 산행
태어나 처음인 왕복 코스의 등산
이런 내 폼을 지나친 등산객이 찍어주며 최고라 했지만
여행도 산행도 한 살 더 젊어서 다닐 시간이 아닐까
울릉도의 거센 바람이
폼까지 어지럽힌 한 컷의 사진을 기념하다

강물아! 너만 흐르지 말고 _____ 。

숨 돌리자며 찾은 물줄기
주천강, 고요로울 만큼 한가롭다
여름에는 이만한 휴식도 필요하리라
마음을 비워야 하는데
무거운 짐을 내려놓아야 하는데
어찌 한껏 껴안으려 하는지
잊을 것 버릴 것 다 내려놓자 하였을 마음이었지만
버릴 것도 잊을 것도 한숨 섞어 보태고 있는데
어찌 이리도 모르는 듯 고요롭기 그지없을까
강물아! 너만 흐르지 말고
내 마음도 함께 띄워놓을 테니
어디에든 데려다 놓으렴
아직도 머뭇거리는
내 안의 상념도 무더위도 다 보내주리라

마이웨이(My way)

순천만 갈대 군락지 _____ 。

순천만 갈대 군락지 습지에
어우러진 갈대가 장관을 이루고 있다
정원처럼 갈대숲 사이로 놓인 다리를 따라
전망대로 가는 길
암벽처럼 가로지른 바위가 눈에 들어온다
모두 갈대에 여념 없어 소홀히 보는 풍경
얼마의 시간으로 지탱했는지 모르지만
바람결에 서걱거리는
갈대들의 음률을 음미하며
함께 바람을 타고 노닐었을 모습
여전히 카메라의 셔터는 그를 향하여 있다
갈대의 바람이 품속으로 스며든다

마이웨이(My way)

서른 즈음에 _____ 。

나의 서른에는 어떤 시간이었을까. 결혼을 해 두 아이를 키우고 큰 아이가 초등학교에 입학하고 학부모가 되었었다. 십여 리 길 일곱 살의 아들 등굣길 배웅하며 가슴 설레던 풋풋했던 어른 아닌 어른. 작은 아이의 등에 짊어진 가방을 반기던 마음. 십여 리 길의 행보에 지친 아이에게 간식을 챙겨주고 농사를 짓는 남편을 따라 일하러 들에 나가던 그 시절들….

결혼 전 쓰던 글도 책을 가까이하는 것도 멈추고, 사철 농사를 배우느라 산골 아낙으로 살아야 했다. 환경이 다른 곳 모진 성미의 시어머니 일밖에 모르는 남편. 그 틈새에서 나는 아무것도 내가 하던 모든 시간을 놓고 있었다. 할 수 없는 것에 슬플 새 없이 그냥 서른의 시간을 보냈던 세월이었다. 청춘의 끝을 그렇게 보내면서 영화관

도 찾지 못하고 노래도 부를 수 없던 삭막한 날들. 김광
석의 서른 즈음 노래가 들린다. 무엇이든 할 수 있는 청
춘이 아니던가.

그 나이를 보내고 그 시간을 회상하며 아쉬움으로 노래
를 따라서 흥얼거리는 지금이 내 나이 거꾸로 서른인가
보다. 노래도 부르고 글도 쓰고 십여 리 떨어진 시내거
리도 활보하며 시간도 보낸다. 지나가면 다시 오지 않는
시간이기에, 미련을 갖는 것이겠다. 세월에 밀린 나이야
어쩔 수 없지만, 마음에 둔 서른을 보내려
오늘도 청춘이라 부른다.

잃어 버렸던 것 아닐까 ＿＿＿ 。

실없이 웃기도 하였다. 고독이 곁에 있다고 했다.
무엇인가 마음 한켠에 두고 싶었는데, 채워지지 않으니
괜스레 허전하다 하는가.
어느 날 지인이 낮은 목소리로 고백하고 있다.
가을만이 아닌데 떨어져 가는 빈 모습들이 마음을 허전
하게 한다고….
나이는 관계없이 모두에게 느낌은 있을 것이다.
더러는 사랑처럼 더러는 행복처럼.
무엇인가를 잡아야 한다면 당신은 어느 길목에 서성거릴까.
슬픔도 있어야 하고 기쁨도 느껴야 감정에 치우치지 않
겠지.
나는 무엇을 잃었던 것일까. 그리움이라 하고 슬픔이라
하면서 고개를 떨구던 시간에
작은 기쁨도 사랑도 엎어야 할 가슴이 텅 비었다고 하소

연하면서 넋두리했음을….

지인은 다시 무언가를 채울 열정은 사그라들고,

시간에 대한 집착만 키우고 있는 거 같아 슬프다고 한다.

우리 모두 순간이 지나면 얻은 것도 잃은 것도 없음을 두
어야 한다.

그래도 채울 수 없는 채워지지 않은 무언가를 갈망한다.

내가 그렇다. 없는 것을 불안해하면서….

그냥 살자. 그냥 이렇게 이것은 위로도 아니지만, 어쩔
수 없다면.

공간이 부족하다 _____ ○

맑은 날의 하늘이 작게 보인다.

어느새 시골의 하늘 저편에도 높은 건물들이 들어서고 있다. 그곳은 농사를 짓던 시댁의 농토가 산업화하면서 보상금 대신 땅을 내주었던 공업단지가 들어서 있다. 수용 인구가 많다 보니 아파트도 덩달아 건설 되는 모습이다. 파란 하늘과 초록의 산들이 보기만 해도 정겹던 몇 년 전 전의 풍경에 농촌살이 선택한 내 삶도 변화하고 지금은 도시살이하고 있지만, 가끔 수백 미터 꼬부랑 논둑길을 밥 광주리 이고 다니던 수고도 그립다. 읍내에서 상업에 종사하던 부모님이기에, 농사는 전혀 모르고 자랐기에, 어쩌면 호기심도 있었는데,

진흙탕의 논바닥을 기어 다니며 동네 아주머니들과 모내기도 했던 시절이 추억으로 남고 있다. 수십 년 농사꾼으로 살아온 남편도 천직이라 했던 자리.

여유 있는 휴일 햇볕 좋은 오후.
시간 먼발치를 보다가 건물에 가린 시야가 답답해 카메
라에 담았다. 세상살이가 변화 주는 환경은 어쩔 수 없
다. 하지만, 시선을 줄 때마다 작은 공간의 하늘이 부족
한 것은 지나간 시간만큼 마냥 아쉬움이다.

○
○
○

○

제4부

달빛은 어디에서도

달빛은 어디에서도 _____ 。

차가움과 서늘함 그리고 바라보아도 눈이 부시지 않는
달에
괴로울 때마다 마당 뒤편에서 바라보던 그 빛을
아들은 조각으로 표현하였다
시댁 식구들의 모진 정신적 고통을 감당하면서도
시댁을 벗어나지 못한 마음
두 아들에게 상처를 주어서는 안 되겠다는
나만 생각하면 안 된다는 어머니의 말을 가슴에 늘 담아두며
아이들을 키웠다
유년은 부모님의 밝은 성격으로 자식들을 키워 주셨기에
음악도 영화도 신문도 두루두루 접하고 지냈지만
운명의 남편을 만나서는
완전 산골 속의 삶에서 헤어나지 못하고 지냈다
그러면서 두 아들을 낳고 키우면서도

마이웨이(My way)

환경에 적응시키기 매우 어렵게

남편의 무심함 속에서 큰아들을 미술계로 이끌어 주었다

아이도 극구 반대하는 아버지 밑에서 제 에미가 관심 두고

살펴주지만 아버지와의 마찰에서는

여린 아이가 감당할 수 없어 그런지 방황도 하였다

이제는 조각가로서 자신의 입지를 굳히고 활동하고 있다

아버지와의 부딪치는 속내 어린 마음으로 감당하기 어려

웠으리라

제 에미가 그렇듯 뒷마당의 나무 위에 걸쳐 앉은 달빛에서

친구 같은 위로를 받았다 한다

작품 주제도 '월광'이라며 섬세한 작품으로 전시하는 중

이다

이제는 시간이 지나서 추억으로 이야기 풀어내는 그 작품들

단아하다 달빛처럼

늘 그리움은 아니지만 _____ 。

가끔 혼자라는 기척이 외롭기도 하지만
그리움만을 생각하면서 보낼 수 없기에
바쁜 척하면서 보낸 일상
하지만 누구한테 외롭다 심심하다
넋두리하기엔 살아온 나이가 있다
그리고 40여 년 함께 동거한 시간도 있지 아니한가
씩씩하게 지내고 있으니 내 걱정하지 말아요
이런 고백도 어쩌면 나의 생각일지도 모르는데
그 사람 하늘 저편에서 내 생각할 겨를 없이
어쩌면 새로운 삶을 시작했을 거라는 느낌
한결같이 나만 바라보아야 한다는 욕심도 지워야 하리
훗날 만나자는 언약을 지키며 살아가는 의리는
살아온 정이기도 하겠다
그러나 이제는 보고 싶다는 마음의 고백은 내 가슴에 두고

마이웨이(My way)

잘 지내고 있으라는 기별만 보내는 이 순간
고즈넉한 밤에 그 사람 이렇게 말한다
연애도 해 봐요 아니면 내 생각은 조금만 하던지
아, 그리해도 될까요
아뇨, 그냥 이렇게 그리며 훗날 만나러 갈게요
씨익 웃으며 잘 지내라 한다
가끔 보고 싶다는 고백 서운해하지 않을 게요
오늘 밤도 우린 두런두런 나누다 밤을 보낸다

허전한가 보다 _____ 。

가끔 혼자의 놀이 중 스마트폰 유튜브 노래방을 찾아
목청을 돋우고 좋아하는 노래를 부른다
관객도 박수도 없이 무슨 재미냐고 묻는다면 할 말은 없지만
이야기 나눌 공간이 아닌 나 홀로의 생활을 하는 까닭이다
차분히 앉아 책을 읽으면 얼마나 좋으리
가을 길목에서 바람도 선선하거늘
머릿속에 채울 마음의 양식은 염두에 두지 않고
이렇게 딴전이다
실전처럼 분위기 잡으며 최성수의 해후
옷깃을 여며야 하는 계절로 들어선다
찬바람 때문만은 아닐 것 같다
사랑하고도 가슴앓이하는 마음에 허전할 게다
남편과 사별하고 누군가를 진득하게 생각하지 않은 목석
이어서

마이웨이(My way)

감정 깊은 곳으로 사랑을 잠재울 뜨거움이 메마른 탓이
겠다
노래를 부르면서도 사실처럼 가사의 전달에 동감하는
감성
나이든 세월이다
푸릇한 젊음이 떠난 시간이 오래된 이유도 있겠지
반백의 사랑도 어쩌면 낭만 일 수도 있으련만
아, 그 열정도 뜨거움도 지나가는 여름에 묻혔다
싸늘한 찬 기운에 시린 손 혼자 불며 고독했던 날들
그러나 이 또한 나의 남은 생에 동반하는 내 공간이니 즐
기자
잠도 달아난 야밤 층간 소음 없는 나 홀로 집이기에
부른다 분위기 있다 독백이다 허전한가 보다

어쩌다 준 시선을 _____ 。

들켰다

마음이 두근거린다

아무렇지 않게 살짝 주었는데

어쩌지

아니라고 본래대로 돌아갈 거라 해야 할까

그러면 돌아서 돌아서

숨이 차도록 가야 하는데

그러기엔 기운이 없다

그냥 준 시선으로 인정해야 하나

그대는 아무 말 없이 서 있는데

나만 독백으로 수줍다

가을, 네 앞에 선 바보

여름빛이 멀어지는 여운 속

나였다

마이웨이(My way)

임처럼 떠난 푸른 여름 _____ 。

선들거리는 바람 앞에서
문득 여름이 떠났다는 생각에
미련처럼 아쉬운 마음 내보인다
한껏 물오른 기지개로
온통 푸른빛 천지였던 그 시간
많은 이야기 속 여름살이
보냈다는 서운함 좀 더 잡지 못한 일기 속의 이야기들
가는 것은 미련 없어야 했을까
엷어지는 빛들에 지난 그 시간이 좋았다고 넋두리처럼
독백해도 이미 보냈지 하는 답으로 돌아오는데
추억으로 얇아져 가는 내 인생의 지표 속
잊어야 할 세월
너에게 나는 어떤 모습으로 서 있어야 하는가
이 순간 가을이 들어선 마음에서는

마이웨이(My way)

225

세월아 비켜라 _____ 。

의미 있는 노래 가사

가수 오승근의 최신곡

세월아 비켜라

배짱 좋은 엄포

사랑하기 딱 좋은 나이란다

몇 살? 글쎄 사랑이야

태어나 눈뜨며 할 수 있는 게 아니려나

살아가면서 사랑을 하는 것

만인들에게 자신의 행복한 마음을

순수하게 보여 줄 수 있는 것도

사랑이라고 말하고 싶은데

옆구리 허전함을 채워 줄 사랑이 제일이려나

수십 년 정과 사랑을 나눈

부부로 살아온 시간을 추억으로 남기고 싶다

다만 오늘을 사는 나 자신을 사랑하리라
나이는 숫자에 불과하다
사랑하세요 붉은빛 도는 가을도 함께

꿈이라 하네 _____ 。

생전에 농사밖에 모르던 남편이
꿈속에서도 일하는 것을 보았다
일하고 있을 때가 가장 행복하다고 한 미욱한 사람
그곳에 가서도 손끝에서 놓지 않고 있는가 보다
생전에 바지런한 성품으로 일하면서
자식들에게 빚을 남기고 싶지 않다더니
천상에 올라가서도 그 끈을 잇고 있는 것일까
이십여 년 직장에 다니다
취미 활동한다는 마누라의 선택에 선뜻 응하던 사람
자신은 여행은 물론 노래방 한번 제대로 찾지도 않던
무딘 감성이지만
마누라의 흥얼거리는 소리에는 귀 기울이며 좋아하던 사람
낱알 한 톨 귀하게 다루던 알뜰한 손끝이 택한 직업이던가
'이제는 편히 쉬어요'

간절하게 이야기하는 나를 두고 성큼 멀어져갔다
꿈이었다

한여름 밤의 꿈 ＿＿＿ ○

열기가 가신 가을 속에 서 있다
정작 피하고 싶었던 뜨거운 시간이었지만
지난 것은 언제나 미련이 남는 걸까
유독 땀 같은 눈물이 그 여름을 적셔주었던 많은 분주함
이제는 아릿한 기억 저편에 묻어 두어야 하는
가슴앓이로 가을을 산다
그래도 살아온 날들이 이 깊은 한밤 속에서 마음에 들어와
선잠으로 서 있으니 어찌할거나
꿈을 꾸어야 그 사람도 만나서 풀어야 할 실타래
많은 숙제를 남겨주고 떠난 이유도 묻고 싶다
혼자라도 잘살다 오라 하는 유언 왜 그리 쉽게 하였을꼬.
사십여 년의 정을 바보같이 혼자서 정리하며
떠난 길이 되었건만 후회는 없는지 묻고 싶다
점점이 떠나는 여름날의 시간이 흐릿해지기 전

그를 만나야 하는데
꿈은 자꾸만 가을 속으로 멀어져 가네

마이웨이(My way)

때늦은 소식 _____ 。

남편의 폐암 사망 원인이 밝혀질지도 모릅니다 보훈병원
에서 1967년도부터 1969년도 사이 전방지역 파주. 문산
등 경기도 북부 쪽에서 근무하던 병사 중 미군들이 살포하
라고 지시한 고엽제가 원인이 될 수 있나 봅니다 67년부
터 69년 말쯤 군 복무한 남편도 예외가 아녔다고요
장비도 갖추지 않은 상태에서 맨손으로 군화도 없이 살
포한 고엽제로 제대 후 왼손과 왼발이 갈라지고
피 나는 통증에 시달린 남편 결혼 후에도 추운 날씨에는
피부가 건조해 더욱 고통에 시달렸습니다
약국에서 피부에 바르는 약도 먹는 약도 처방해 써보았
지만 헛일이었으니 폐암 진단 후 1년도 안 된 시간에 사
망했습니다 고엽제가 원인이 아닐까 물었더니 파월장병
들에게만 검진 해당할 거라는 친구의 이야기에 남편은
포기하였습니다

남편이 사망한 지 5개월 얼마 전

보훈병원에서 고엽제 검진 통보가 우편으로 배달되었습

니다 사망하였다고 전화하는 제 마음 울컥 눈물 나려 떨

리고 있는데 담당자분 죄송하다고 합니다 그 당시 국내에

서 복무한 군인들에게도 해당하였던 사실이

왜곡되어 잘못된 정보로 인해 검진할 기회를 놓친 것에

안타깝다고요 죽음으로 생을 마감한 남편 아직도 삶을

더 살 나이에 떠나신 것이 유감이며 애도의 뜻을 표한다

고 전화기를 끊은 담당자 그런 사실이라면 너무 안타까

운 남편이기에 비 오는 날 이렇게 애절히 그려봅니다 천

상에서 내려다볼 그 사람 이제는 고통 없겠지요

마이웨이(My way)

그리움의 기도 _____ ○

아버지를 그리는 아들은 조각으로 표현하다
어릴 때의 아호였던 아버지는 '연묵' 이란 이름으로 불렸
는데
딸 여섯 뒤에 얻은 시어머니의 간절함이 어찌했을까
심정 이해가 된다
결혼하고 첫아들인 지금 조각가로 활동 중인 임재석이
손주이니
당신의 기막힌 자식에 대한 염원을
며느리인 내가 첫 번째도 두 번째도 아들을 낳았으니
대견하기도 하면서 질투도 느끼셨으리라
부잣집의 도령으로 백수까지 살았던
이웃 사람의 이름이 연묵이라 하였다며
당신이 낳은 귀한 아들도 그리 살기를 고대하여
호적에는 다른 이름으로 올리고

아호를 연묵이라 지으며
이웃 사람들에게 부르게 했다는
시어머니의 전설 속 사연
일찍 여읜 아버지 때문에 숱한 고생은 했지만
자수성가에 성공한 남편이었다
그런 남편이 폐암으로 칠순의 나이로 생을 마감했으니
시어머니의 염원 중
백수까지 건강하게 살아가라던 기도는
미수에 그친 것이다
(살아가는 것 죽는 것은 하늘의 뜻이라 하기에)
아들은 아버지가 냉혹하리만큼
정을 주지 않은 쌀쌀한 인정 속에서
가히 가까운 부자지간이 될 수 없었던 어린 시절에
외로움으로 지냈고

어쩌면 숱한 시간에 대한 갈망이
조각으로 표출하고 있는 거 아니까 마음 아프다.
미술관 초대작가전인 이번 작품 주제도
아버지 아호인 '연묵 월광'이다
곁에서 지켜보며 아버지의 가혹함을
보듬고 다독거리며 키우느라
아들만큼 고통이었던 나 역시
수필가로 글을 쓰며 네 번째 책을 엮었으니
이 또한 남편의 당근과 채찍의 교훈이 준 선물이 아닐까
천상에서 내려다보면 뭐라 하려나
아들에게는 흐뭇한 미소를 나에게는
'돈 아깝게 책은 무슨 책'
곁눈질할지도 모르리
아들! 조각 전시회 축하한다

보이지 않는 말 _____ 。

혼자 산다는 것 무엇의 걸림돌일까?
"연애하나요?"
뜬금없는 물음
황혼에 들어서 사별했지만
아직도 남편의 그림자를 그리워하며
씩씩하게 보내는 나를 보는 시각이
다른 곳에서 발견하는가 보다
남편과의 40여 년 동행도
그리 순탄치는 않은 삶이었지만
다른 곳으로 눈을 돌리며 딴전 피우지 않았는데…

실감 한다
무고한 잣대 혼자라는 이유로
관심과 수다의 대상으로

마이웨이(My way)

237

뭇사람들에게 난도질당하는 것
하지도 않은 연애
누구와 그런 사이
언젠가 그런 의심을 넌지시 말하기에
구차한 설명으로 이해시켰건만
오늘도 나에 대한 논쟁으로 마음 상했다는 지인

인터넷에 악플 달며
사실도 아닌 허위를 유포하는 현실을
내가 당하고 있을까
있지도 않은 거짓을 지어서
자기들끼리 논쟁하다니…
와! 내 그리 잘난 사람인가
씁쓸하다

그리고 어떤 결정을 내야 하는지 고민이다

지인은 당당하라 했지만
무엇을 당당하란 것인가
연애? 에구 남편을 잊지 않는 마음에
다른 사람을 저에 대하여 논쟁하시는 분들
공연히 힘쓰시지 마시고요
훗날 제가 좋은 감정 생길 즈음엔 알려드리겠습니다
'저 연애 합니다' 라고

마이웨이(My way)

시리도록 흰빛으로 다가선 꽃잎 _____ 。

남편의 첫 기일
지인이 한아름의 백합을 가져다주었다
시간의 흐름은 벌써 첫 기일이 되었느냐며
많이 그리워했을 마음에 위로해주고 싶었나 보다
각자 주어진 운명대로 살다가는 생명이지만
부부로 맺어진 인연 또한 기막힌 운명 아니냐며
미운 것 고운 것 어우러진 정 가슴에 담고
죽는 날까지 생각하며 그리워하다
떠나는 인생이기에 더욱 애절하다
밤새 통증으로 며칠 밤을 뜬눈으로 지새는 모습에
내가 더는 해줄 게 없어
병원에 입원하자 제의했는데
'병원 가면 이제 집에 다시는 못 오겠지'
힘없이 내뱉은 말

먹을 수도 잠을 잘 수도 없는 통증으로
고통스러워도 집이 좋은 것이었을까
입원하고 첫날
마약 성분의 진통제로 아픈 것도 모르고
밥도 잘 먹고 잠도 잘 자게 되었다며
웃으며 이야기하던 남편
본인의 병이 회복되지 않고
죽음으로 갈 거라는 사실도 인정하며
며칠은 기분 좋게 지냈지만
입원 후 5일 되는 날 운명하고 말았다
죽음조차 의연히 받아들이며
건강하게 잘 지내다 뒤따라오라던 사람
울지 말고 자식들과 행복하라던 미욱한 사람
하얀 연기와 함께 이승을 떠난 사람

마이웨이(My way)

벌써 1년이 지났다
명랑하게 울지 말고 잘 지내라 하는 남편
유언대로 씩씩하게 지내고 있지만
두 손을 마주 잡지 못하는
허전함이 잠을 설치게 한다
내 생명 다하여 떠나는 날
그 사람 찾아갈 수 있을까
얼마를 더 지탱할지 모르지만
백발이 된 내 모습을 기억 못 할 수도 있으리
살아생전 하던 조심스레 고백한다고 했다
자신을 찾아오기를 기다리겠노라
웃으며 농담처럼 하던 말
약속 합니다 당신이 기다리면 찾아갈 게요
천상에서 잘 지내시고요

내 나이가 어때서 ＿＿＿ 。

더위가 시작되고 있다
사는 동안은 맛볼 사계의 순환이다

아침부터 베란다 창 너머로 긴 햇살이 자리를 마련한다
오늘은 느긋하게 아침을 맞이하였다
도대체 무엇을 하기에 그리 바쁘냐는 지인의 안부
농사꾼의 아낙으로 40여 년을 살다가
작년 이맘때쯤 남편과 사별하고 농사를 정리하며
잠시 아파트로 이사 나와 시내에 거주하니
이동하기 편리하여서일까
한시도 집에 있을 여유조차 없음에 묻는 말일 게다
가끔 글 모임에 복지관에 지인들 만나고
올해는 아주대학 경영대학원 최고경영자과정에 입학하여
일주일에 한 번씩 버스 타고 강의 들으러 학교에 간다

마이웨이(My way)

내 나이 육십이 절반 넘은 늦은 시작이지만
노랫말에도 있듯이 나이는 숫자에 불과하리라
주어진 시간은 짧지만, 열정적으로 살고 싶다
못하는 것보다 안 하는 게으름으로
단절된 삶을 사는 게 얼마나 허무할까
가요교실에 다니다 보니 연예인협회에서 공연도 한다
가끔 노래봉사도 다닐 기회도 주어졌다
큰 재능은 아니지만 남을 위한 즐거움도
내게는 행복이다
'야 야 야 내 나이가 어때서~'
여러분들 나이는 개의치 마세요. 숫자에 불과하다는 것
곁에 두는 것은 나를 위한 행복찾기입니다

아직은 지금에 머물고 싶다 _____ 。

조심스레 귀 기울이니 기척이 들린다
낮에 내리던 비가 아직도 머무는지
이제는 시간도 겨울의 어정쩡한 곳에 머물러
햇살이 길어지고 있다
시작된 새해도 한 달을 스치고 어찌 이리 달리고 있을까
잡지 못하기에 더욱 조바심치는 것은 아닐까
육십 중반이 지나는 길목은
노인이라는 칭호의 딱지를 붙이려 한다
아 그러면 아직 서글퍼 이렇게 독백을 해야 할까
할 수 있을 기회도 많지 않은 삶
꽃다운 나이라는 칭송의 그 시간이
아득한 옛날처럼 쉬지 않고 달리는 시간이여
늙어서 멋진 인생의 나이라는 명패를 걸어 놓아야 하는지
아직은 지금에 머물고 싶어라

마이웨이(My way)

사람을 떠나보내고 _____ 。

사람을 떠나보내고 가슴 아파하고 하는 이별
문득 그립다 생각날 때마다 먼저
보낸 것이 죄인처럼 움츠려진다
혼자라는 시간 속에 공간 속 자유를 얼마 동안
취하며 여유로움을 갖게 될까?
외로움도 어찌 보면 나를 성찰하는 기회를 주기도 하겠지
그 사람 미련도 없이 가족들의 안타까움을
쿨하게 위로하고 떠났기에 더욱 애달프게 그리워진다
사는 동안의 티격태격은 부부라서 용서되고 이해하고
안쓰러움에 정을 주고 그리 살았던 게 아니었을까
첫 만남부터 망설였던 선택이지만
그 사람에게 사랑한다고 고백도 했었다
힘든 불화의 시간이 이별을 생각했었던
좁은 소견도 세월이 철들게 하지 않았나

예순이 넘은 마음이 떠난 사람 애달프게 찾으려 하는 것
욕심이겠지만 몇 해 더 동행했으면 좋았을 거라는
간절함도 있다
농담처럼 생전의 이야기 훗날 자신을 찾아와 줄 수 있는
약속 듣고 싶다던 고백 그마저도 건성으로 답을 주면서
피하고 싶었던 이기심이 지금은 그리움 되어 마음 아프다
돌아서 가는 길 영혼도 내려놓고 떠났다면
나를 지켜보고 있으려나
오늘도 씩씩한 모습에 빙긋이 웃으며 응원할까?
그 사람 그래서 더 보고 싶다

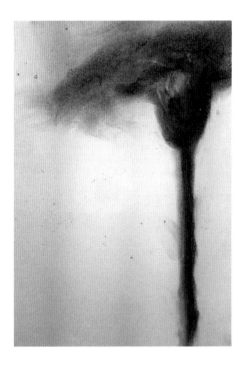

사랑 _____ ○

그냥 수줍어
가슴 붉어지는
바보의 독백

애잔함도
사랑이란 낱말로
마음 흔들다

이렇게 가슴앓이
아~
정말 미련이다

눈물 없는 고독
참으로 길다

마이웨이(My way)

무심 ____ ○

가로지른 유리 너머의 시간
잠시 딴 세상 품다 보았다
초록이 빛을 이루고
바람은 계절을 영글고
나의 시선은
세월을 엮는다
그렇게 도는 것도
우리의 삶이려니
이 고요로운 침묵도
또한 거쳐야 할 무심 속에 있으리

여자이고 싶어요 _____ 。

다소곳이 치맛자락 여미며 애교스럽게
남편을 마중하지 못했던 날들이 아쉽다
유년 시절부터 여자라면 바느질하는 것에
관심 있어야 하거늘 오빠들 따라서 자치기, 제기차기 등
거친 놀이를 좋아했고, 아이들 모아놓고
전쟁놀이하는 남자아이들 틈에서 같이 뛰며 어울렸다
어머니는 딸 넷 중 셋째인 나에게
차분히 앉아 언니들처럼 바느질을 배우라 했지만
관심조차 없었다
결혼 후, 남편은 상냥하고 애교가 있었지만
나는 그러지 못했다
40여 년간 몇 번이나 남편에게 진정한 여자로 보였을까
누가 봐도 뒤바뀐 부부의 생활을 보았을 것을
미안하기도 하지만 내 성정이니 어찌할 수 없는데

마이웨이(My way)

요즈음 남편 없는 공간에서

다소곳하니 치마도 입고 원피스도 입는다

진작의 모습이어야 하는데

세월 지나 여자이길 바람은 주책이려나

팔순이 가까운 노부부를 뵐 기회가 있었는데

할머니가 할아버지 앞에서

소녀같이 이야기하는 모습에 깨달음이었다

나이가 들어도 여자는 여자로 살아야 한다고

애교스럽게 이야기하는

할머니를 지그시 바라보시며 미소 지으시는 할아버지

부부로 살면서 남편도 원했을 마누라의 상냥한 애교

남자 같은 마누라 때문에 재미없던 시간

어찌할까요

이제 저도 여자이고 싶어요

봄바람 휘날리며 _____ 。

라디오에서 들리는 벚꽃엔딩
눈처럼 쏟아지는 꽃잎들의 향연 속에 연인들의 데이트
생각만 해도 참 좋은 풍경이다
그리 살아온 시간은 없지만 참 예쁠 거 같다
두 손 잡은 미소 행복한 눈길
사랑하는 마음들이 보기 좋은 날 걸어본다
남편과의 꽃길 데이트를 해 본 적이 있었나
쉽게 떠오르는 추억 없이 무엇을 향해 살았을까
아쉬움 가득한 지난날들의 시간
천직을 위해 살아온 습관 시어른 모시고 살았던 환경
그렇게 젊은 시절들은 지나치고
이제는 부재인 남편의 자리
두 내외의 꽃 데이트는 다음 생애에서
만나게 되면 이룰 수 있을지

마이웨이(My way)

이렇게 환호할 만큼 화사한 날 마음만 두 손을 잡는다
앞서가는 두 사람 뒷모습 너무 좋은 날에
흐드러져 좋은 날에

오늘은 왠지 _____ 。

기다림, 설렘, 즐거움 없다
빈 수레 소리조차 없다
그냥 멍 때린다
이런 날도 있어야 한다던 젊은 친구
그렇다고 심심하지도 않으며 수선스러움도 없다
서너 시간 그리 놀고 있다
하지만
무언가 있어야 하겠다는 소망도 없다
다만 이제 놀다가 제자리로 돌아가야 하는데
마음 집을 잃었다
미아다

오늘은 왠지…

마이웨이(My way)

소슬바람 _____ °

소슬바람도 내겐 호사입니다
혼자여서 아주 작은 기척도 큰바람처럼 다가와
외롭지 않은 생명입니다
누군가는 이런 내 영토도
부러워할 생명체도 있을 거고요
아니면 답답한 주변이라 하겠지만
이리 피고 지는 명을 받은 섭리에
늘 겸손해지는 자세로 살고 싶어지기도 합니다
때로는 큰 대지에서 날개 펴듯 가지를 넓게 뻗어
내 존재를 각인시키고 싶지 않은 욕심이 왜 없을까요
그러나 나는 이런 내 모습도 행복합니다
세상사는 방법도 생각도 각자의 몫으로 자리매김하는 것
이런 나를 예쁘다고 환호하며 사진 모델로 발탁하여
친구들에게 선을 보이는 길손이 있기에

더욱 겸손이 있어야 할 것 같습니다
얽히고설키고 아웅다웅하지 마세요
그냥 살면 안 되는지요 작은 존재면 어떻습니까
공평한 우주는 작은 것도 놓치지 않던데
그냥 편히 사세요 욕심 버리시고요

연등 ____ ○

차마 고백할 수 없어 그냥 바람 앞에 있습니다
언젠가 오겠다는 언약 없었나요
그럴 줄 알았다고 인정해야 하는 시간이
내게는 잔인하기에 기다리지만
작은 바람조차 지나쳐버립니다
언제 될까요
고백 담은 연등이 켜지지 않을까 하는 바람
그것조차 나를 사랑하지 않는다면
마냥 켜두겠습니다
오늘도 그리고 훗날에도
누구신지 모를 그 사람을 위해서

첫사랑 _____ ○

숨어든 사랑이라고 부르고 싶다
처음 본 설렘이 아직도 머무르지만 이루어지지 않은 사랑
그리고 꿈을 꾸듯 늘 배회한다
바람만 불어도 눈이 내려도 꽃잎이 흐드러지게 피어도
함께 하는 듯이 수다스럽게 기억을 품는다
왜 고백을 놓쳤느냐고 물어보신다면
바보라서 머뭇거리다 다른 이에게 가버렸다고
아주 쿨하게 이야기하지만 눈물은 가슴을 적시고 있음을
남편의 첫사랑 이야기를 들었습니다
어머니의 반대로 떠나보내긴 했지만
나와의 결혼 생활에서도 잊지 못하겠다고 고백합니다
어느 날 그녀의 고향을 함께 찾아갔었지만
몇 번의 결혼과 이혼 사별 등 안타까운 일들을 겪었다 합
니다 고향을 떠나 소식이 없다는 이웃분의 이야기

남편과 함께 그녀를 찾아간

나도 가슴속이 먹먹하니 안타까웠던 날

내 손을 잡는 남편은 가늘게 떨고 있었고

나는 아무 말 없이 꼭 잡았습니다

그리고 40년을 동행한 남편은 내 곁을 떠났습니다

보고 싶었겠죠 그립기도 했을 테고요

이루지 못한 사랑이 얼마나 마음을 아프게 할지는

첫사랑을 느끼지 못한 나에게는 다가서지 못한 감정일 테

죠 이 밤 문득 남편의 사랑을 기억하면서 잠을 설치네요

나에게 첫사랑이 다가서 있었다 해도

남편의 사랑법과 같았겠지요

어느 날엔가는 이루어지리라 믿습니다

서운함도 배신감도 없는 당신의 사랑

천상에서 이루세요

남몰래 흐르는 눈물 _____ 。

드디어 찬바람 사이로 낯선 계절이 들어서고 있다
한낮은 여름이 미련스럽게 양지를 덥히고 있지만
그늘에는 제법 선들거리는 바람이 머문다
이리 오가는 시간이 서로 다른 빛을 보이는데
움직이지 않는 마음은 무엇에 미련을 두고 있는가
내 나이에 머물지 않는 세월은 급행열차처럼 빠르다
수 없이 지나간 추억에 매달려
미련을 떨어야 하는 바보스러움 떨구지 못한다
정말 바보처럼 누구를 기억하고 애처로워할까
수십 년 살아온 남편도 첫사랑 때문에 곁에서
가슴앓이하였는데 사랑 고백도 없는 메마른 삶을 살았으
면서도
철부지처럼 좋아하던 나의 일생 더 늙어 가면 이런 감정
조차

바람 따라 사라질지도 모른다는 귀띔도
아랑곳하지 않는 목석이여
깊은 밤 홀로 듣는 음악에 흐르는 정적에도
그저 속으로 독백하는 못난이
가극 속 흐르는 눈물에 함께 동요하면서도
누군가를 그리워하지 못하는 목석
가을은 나를 두고 시간을 달린다
올가을은 그냥 눈물을 흘리며 가려는가 보다

마음 다스리던 날, 유월 _____ 。

녹음을 이룬다
태양은 뜨겁고 그늘을 사랑한다
장미는 더욱 불타고 그리움이 바람을 타고 나를 흔들다
가시지 않는 미련들 앙금처럼 엉겨
풀어지지 않을 듯하다
언제 또 언제 그렇게 너에게 내려앉아 있다
겉으로야 활기차고 성별 없이 행동하는 듯하여도
사랑에 목마르고 그리움 갈증으로 타는
마음을 껴안고 살고 있다
임 떠난 지도 세 번의 세월이 지난다
문득문득 애달픔에 마음 허허롭다
살면서 즐거움 시련의 눈 흘김
모두 사랑 뒤에 감춰진 시간이었기에
더욱 안타깝게 다가서 있다

다른 이를 사랑하기엔 임에 대한 예를 버릴 수 없기에
유월은 혹독할 만큼 나를 시련에 가둔다
그냥 유월을 살자 그리움이더라도 언젠가는 찾아지겠지
만나게 될 거야 마음 다스리던 날의 시간

부재 _____ ○

몇 년 전 아리랑을 구성지게 부르며
들로 나갈 때 타던 남편의 자전거
이제는 주인 없이 주차되고 있다
두 바퀴를 굴리며 돌아올 때는 요술 봉투가 짐칸에 매달려
봄이면 냉이 씀바귀 연하게 삐지는 쑥
여름이면 오디 산딸기 가을이면 알밤 도토리 등
따르릉 경적을 울리면서 나를 부르곤 했다 참 부지런도
했다
이른 새벽 타고 나가서는 들길을 휘돌고 올 때마다
그득한 선물 그리고는 보너스로 씩 웃곤 했는데
집짓기 할 때는 막내아들이 타고 다니며
일꾼들 간식거리를 매달고 다녔었다
집 마무리하고 서울로 올라가면서
아버지의 자전거를 쓰다듬더니 한쪽에 세워놓았다

마이웨이(My way)

몇 년 그대로 내 눈길을 잡고 있는데
뒷짐 칸에 눈길이 자꾸 가곤 한다
요술 봉지도 없는 부재 마냥 아쉽다
그래도 애마처럼 타고 다니던 남편의 모습 보는 것처럼
내 생전에는 남겨야 할 거 같다

LOVE _____ ○

하트가 설렘을 줍니다
누구를 위해 표현하라 하는지
앞에서
가슴만 콩닥콩닥 뛰고 있어요
잠잠히 저녁으로 숨어든 바다도
기척 없고
혼자서 놀이처럼 카메라를 흔듭니다
에구
어쩌죠
하트로 사인할 때
어디 가셨나요
먼 길 와 있는 이 나그네
그냥 돌아섭니다
슬프게

마이웨이(My way)

사랑도 _____ o

바람 없는 날

잎새들이 춤추기 시작한다

낙하 수직도 아닌 한 바퀴 맴돌림 하다

착지하고 있다 그래도 가을을 사랑할까

불현듯 나는 그렇게 혼자 어디론가

떠나야 한다면 아무 미련도 없을까

그냥 주고 간다

아름답지만 조금은 슬퍼 보여

떨어진 잎새들을 담지 않는다

우수수 모두 떠나고 나목이 서 있는 곳

나도 잠시 서 볼까

누구를 떠나보내고도 빈자리를 의연히 지키는 모습

누군가에게 그것도 사랑이기에

지킬 수 있다고 고백도 하고 싶다

마이웨이(My way)

눈 내린 날 _____ 。

사근사근 기척 없이 내렸네
조금 후 태양이 녹여 줄
네 흔적을 카메라에 담는다
언젠가는 또
이런 풍경이 연출될 때가 한두 번 아닐진대
'기림제' 입주 후
소담스러운 모습이기에
찾아줘서 반가워

바람이 분다 _____ 。

모든 것이 흔들리던 바람 앞에서 맥을 놓고 있다
바깥으로 내몰던 민심도 수습이 어려워 움츠린 위정자도
차디찬 길 위에 등 굽은 박스 노인도
질주하는 차들도 한 해의 정점이다
아쉽다 해 놓은 것도 큰소리치며 소란스레 적어 놓은
계획들도 요란 속에 묻혀 간다
또 새로운 날들에는 어떤 글들이 나열될까
움츠린다고 신명 나는 일들이 사라지는 것은
아니지만 그래도 모든 것에 희망을 주는 기쁨도
있어야 하는 우리가 바쁘게 움직인 이유를
포상받아야 한다는 이유도 곁들인다
다들 힘들게 살아가는데 다소의 행복도 있어야 하지 않
을까
어수선이 소망을 써본다

새해는 다들 희망으로 주목하자
바람은 어떻게 불어올까 기다린다 기도한다
그리고 웃어 본다

사랑보다도 그리움으로 _____ ○

어떤 인연에는 늘 가슴에서 맴돌고,

어떤 인연은 스쳐 가기를 바라는가.

사람이라서 감정도 있고 사랑이란 뜨거움도 갖는 것이

겠다.

그러다 이별이란 낱말 앞에서는 슬픔도 눈물도 곁에 두고

늘 아파하는 것.

새로운 시간을 위해 마음 비우기란 쉽지 않은 미련에

초라하지 않은 모습 보이려 애쓰던 날들도 있겠다.

등 뒤로 쓸쓸한 바람은 계절만은 아닐진대.

어이 하나, 이 고운 모습도 누군가에서 잊혀가는 세월 앞

에서는 나도 그들을 따라야 하리.

서늘한 바람에 시린 마음, 깊어지는

시간 속에 떠나야 하는 계절이 있기에

덩달아 이리 시린 것이리라. 사랑보다 그리움으로

마이웨이(My way)

가을을 줍다 _____ ○

몇 년 전, 폐암 선고받고 그해 가을.

운동하자며 마을 앞산으로 무작정 끌고 올라가던 사람.

찬바람 쐬면 숨쉬기 힘들지 않으냐는 내 잔소리도 듣지 않고,

손을 잡고 정상에 오른다.

운동기구 있으니 나 보고 몸풀기 하란다.

그리고는 떨어진 도토리를 줍고 있다.

자신의 몸속에 암을 재워 두고도 의연하게 받아들이던 속내.

안쓰러워 그만 가자고 재촉하는 나를 보고 씩 웃으며,

다람쥐 먹이는 남겨 둘게.

그 가을 운동 삼아 산행하면서 도토리를 꽤 많이 주워다 놓았다.

부지런하던 손끝에서 그 겨울 도토리묵도 남편 덕분에 몇 번 먹을 수 있었는데, 야속하게 그다음 해 떠났다.

지금은 혼자 산행도 못 하고 도토리 줍지도 않는다.
가을은 그렇게 추억 속에서 멀어져 가고 남편도 없다.
어느 날 사진첩 속에 남은 모습. 참 부지런한 사람.
다른 세상에서도 저리 도토리 줍고 있는지 보고 싶다

● 발문 / 공란식 스마트 감성 수필집 ||||||||||||||||||||||||||||||||||||||||||||||

누님! 스마트 감성 참 멋져요

경암 이원규 (전기작가·칼럼니스트)

벌써, 아니 '이제'라는 표현이 맞겠다. 이 원고가 다섯 번째 수
필집이라고 했다. 첫 장부터 톺아보니 서정적이고 감성적인 문
체가 시처럼 아름답다. 어떻게 이런 문장이 나왔느냐 물었더
니, 스마트폰에 생각나는 대로 올린 거라고 한다. 양이나 질을
따질 문제가 아니다. 글로 밥 먹고 사는 필자도 이런 문장은 잊
은 지 오래됐다. 세상살이에 찌들어 감성의 샘이 완전히 바닥
났다는 말이 더 정확하다. 뒷장으로 넘길수록 일종의 잠언(箴
言)과 같은 성격의 매우 짧은 작품들이 툭툭 튀어나온다.

필자는 공란식 수필가와 같은 동네에서 태어났다. 개인적으로는
친구의 누나이니 그냥 '누님'이라는 호칭을 더 자주 썼다. 그런 누
님의 작품집 발문이기에 부담 두지 않고 편안하게 쓸 작정이다.

Ⅰ. 소박한 일화 가볍게 처리

공란식 수필가(이후부터는 공란식으로 호칭함)는 유별나게 새로운
것을 제시함으로써 상품화, 규격화에 정확하게 맞추며 쓴 글이
아니라 자신이 생각하는 바와 겪은 이야기를 담담하게 풀어내
고 있다. 사회와 국가 내지는 국제적인 큰 문제에는 눈도 돌리
지 않는다. 다만 그것들의 본질이랄 수 있는 가정이나 지인들
과의 관계에서 일어나는 소소한 일상사나 그 주변을 둘러싼 자
연의 변화 정도에는 민감하게 반응한다. 어찌 보면 공란식은
작가들이 절실하게 추구하며 걸어가야 할 길을 혼자 외롭게
가는 게 아닌가 싶다.

어차피 글은 인간이 쓰고 인간이 읽게 돼 있다. 공중을 나는 새
나 흐르는 냇물이나 숲속을 어슬렁거리는 짐승은 물론 한곳에
오래도록 머무는 바위와 나무가 인간이 쓴 글을 한 글자도 읽
어주질 않을뿐더러 그것에 감동하지도 않는다. 어차피 글은 인
간들만 아는 것이고 인간 외적은 모든 자연물은 관심조차 없는
분야이다. 공란식은 진실을 감추려고 교묘하게 포장하지도 않
는다. 느낌 그대로 자신의 삶에 대해 자신에게 되묻고 따지고
반성하고 참회한다. 문법이 어떻고 수사나 문장기법은 어찌해
야 한다는 등등의 고정관념이 깊이 박힌 사람들에게는 이해 불

가의 영역이다. 그야말로 자신의 영역만큼은 굳건하게 지키고 있다는 말로 바꾸어 이해해도 된다.

공란식의 작품은 이따금 문예지를 통해 발표되는 낱개의 작품을 보았던 터라 별로 낯설지는 않다. 첫머리에서 이미 밝혔듯이 형식에 얽매이지 않고, 자기에게 맞는 방법으로 자신의 심경을 고백한다. 때로는 편지글, 기행문, 감상문 등처럼 보이는 작품도 있지만, 형식에 구애됨이 없어 편안하고 자유롭다. '문학과 예술'이라면서 글을 우상으로 내세우지 않는다. 멋들어지게 문학적 수사를 활용하여 표현하려고 애써 꾸미거나, 자신의 생각을 덧칠하여 독자를 괴롭히지도 않는다. 있는 사실 그대로 소박한 일화로 간단하게 처리한다. 이처럼 글의 소재를 대하는 태도가 순수하여 골치 아픈 갈등을 드러내지도 않는다. 독자의 눈치를 살피느라 할 말도 제대로 못하는 것과는 근본부터 차원이 다르다.

Ⅱ. 몽둥이보다 바늘로 찔리면 더 따끔하다

수필 문단에서 통용되는 외형상 수필 한 편의 길이는 200자 원

278

고지 10~15매이다. 물론 화제에 따라 더 늘어날 수도 줄어들 수도 있다. 중요한 것은 작품에 담긴 내용이 얼마나 절실하게 독자에게 전달되고 감동을 주느냐이다. 다시 말하면 주제를 선명하고 다양한 방법을 통해 주제를 효과적으로 형상화하는 게 중요하지 원고의 길이는 별로 상관없다. 몽둥이로 허벅지를 찌르는 것보다는 바늘에 찔리는 게 더 따끔하듯이.

우리는 글을 쓸 때 소설처럼은 아니더라도 머릿속에서는 치밀하게 계산부터 한다. 글을 쓰다가 몇 번이고 고치고 다듬고 바꾼다. 수필의 장르가 없던 시절에 몽테뉴가 말한 '에세(essays)'는 '시험·시도(試圖)·경험'의 의미였다. 작가의 개인 체험이 큰 비중을 차지하는 것이 수필이라는 말이다. 우리는 교육을 통해 '붓 가는 대로' 쓰는 게 수필이라고 배웠다. 수필은 그 체험을 어떤 의도에 따라 꾸미는 게 아니라, 체험한 바를 개인적인 취향에 맞춰 자기 목소리로 이야기하면 된다. 즉, 이야깃거리에 따라 말하는 방법이 중요하다. 재밌어야 사람들이 보거나 찾는다.

요즘에는 문학의 한 장르로서 수필이 그 위상을 확고하게 굳히고 있다. 공식적으로 등단의 과정을 거친 수필가의 숫자가 시인들과 맞먹을 정도까지 왔다고 한다. 요즘에는 누구나 스마트폰 한 대씩은 가지고 있다. 그 스마트폰에 올라오는 글에 댓글을 다는 순간부터 작가로 돌변한다. 있는 상상력을 모조리 동원하는 작가와 별반 다르지 않다. 하지만 밤을 하얗게 지새우며 목적 있는 글을 쓰는 게 아니라 순간의 쾌감, 대리만족으로 스마트폰을 이용한다. 예술적 가치를 따지지도 책으로 만들 욕심도 내지 않는다. 그냥 안 읽고 안 쓰면 못 배기는 몸살을 앓는다. 이러한 사이버공간에 접속하는 불특정다수의 누리꾼들도 모두 잠재적 작가 혹은 독자이다. 이제는 글쓰기가 전문작가들의 전유물이 아니라 누구나 평등하게 참여하게 되었다. 그 중심에 '수필'이 있다.

"문학이 개인적인 노출증에서부터 출발하여 집단의 관음증을 충족시켜주는 것이라면 사이버스페이스야말로 가장 이상적인 예술 공간일 수 있다."라고 했다. 스마트폰을 통한 온라인에서의 글쓰기는 전문적인 글쓰기를 사이버공간으로 끌어오는 계기를 만들었다. 사이버공간에는 전문가도 있지만, 전문가가 아니더라도 자신에 관한 이야기를 쓰고 자신의 감정을 표출하는 데 주저함이 없다. 자유분방한 방법으로 욕구를 표출한다. 스마트폰은 이제 새로운 글쓰기 공간이며 무기가 됐다.

Ⅲ. 자유로운 사이버공간에서 글쓰기

사이버공간에서 통용되는 글은 누구나 쉽게 이해할 수 있어야한다. 그러한 글을 잘 쓰는 것도 능력이다. 사이버공간은 디지털 방식과 달리 0과 1, 있음과 없음의 반복이다. 자기 고백과노출의 욕망을 표출하는 데 사이버공간만큼 널찍한 곳은 없다.자유로운 영혼이 서식하기 가장 적합한 공간이 바로 사이버공간이다. 수필은 다른 장르와 비교하여 쓰는 방법이 자유롭다.어떤 목적성을 갖지 않고 특정한 사상에 구속됨이 없어야 인간다운 참모습이 글에서 보인다.

"과거의 문학은 일종의 은유라는 장치를 통해 인생을 몹시 어렵게 해석했다. 어렵게 해석했다기보다는 해석이 쉽지 않도록다양한 수법을 동원했다는 것이 맞을 것이다."

소설이 허구라면 수필은 시보다 더 진솔한 자기 고백이며 자신의 반영이다. '너'보다는 '나', '우리'보다도 '나'의 존재에 관해이야기한다. 자신을 드러내는 데는 수필만 한 것이 없다. 그런데 시인이나 소설가는 수필을 얕잡아 보며 마음만 먹으면 자신들도 수필쯤이야 쓸 수 있다고 생각한다. 물론 누구나 가능하다. 이미 일반인들도 사이버공간에 생활과 밀접한 글을 써서 참여하고 있다. 그들의 글도 따지고 보면 시 같고 소설 같고 수필 같은 게 사실이다. 그들도 빈부귀천에 상관없이 자기만의 독특한 언어로 자신의 마음을 표현하고 있으니 작가나 다름없다.

IV. 생생한 현재형으로 부르는 이름이여

고통의 궁극에는 그 고통을 초월하는 변주가 있기 마련이다. 공자는 '궁즉통(窮則通)'이라 해서 궁하면 통한다고 했다. 역경이 닥치면 한판 붙으면 된다. 노자의 '허즉통(虛則通)이라 했다. 인생무상(人生無常), 공수래공수거(空手來空手去)이니 자신을 비우라 했다. 또한, 손자는 '변즉통(變則通)' 즉 시대의 흐름에 맞게 변화해나가야 통한다.

고통의 시간은 잘 견디면 더 단단한 힘으로 변한다. 공란식의 작품을 읽으면 아프다. 그 아픔을 주는 대상이 이 세상에 없어 더 아프다. 남의 사정이라고 위로하는 척하지는 마시라. 공란식의 수필은 고통스러운 이야기도 아프지 않게 다가온다. 다시 말하면 아픔이 이제는 단련되었다는 의미다. 모든 것은 궁극에 이르게 되면 통하고, 통하게 되면 또 변하게 마련이다.

인간에게 가장 큰 상처로 남는 게 배우자와의 '이별'이다. 특히 가족과의 이별은 시간이 흘러도 슬픈 기억으로 남아 시시때때로 나타난다. 희로애락을 함께하다가 떠난 사람에 대한 그리움은 바로 자신에 대한 그리움이다. 같은 삶으로 서로 소중했던 사이였기 때문이다. 공란식의 작품 세계에서는 그러한 인간의 생로병사, 어머니의 희생정신, 순리대로 사는 삶, 가난의 현장 등이 수시로 등장한다. 대부분 짧게 묘사되고 실제로 짧은 시간이었지만, 그러한 아픔을 잊는 방편으로 자연과 교감한다. 그러한 순간들이 짧아도 유효적절하게 잘 짜여 있다. 마치 시처럼 행간에 깊은 뜻을 은유적으로 묻어 두지도 않으며 느닷없이 자세한 설명을 생략하기도 한다. 그래서 사정을 알지 못하면 편안하게 읽게 된다. 상투적인 것은 과감하게 생략한 탓에 긴 작품은 1편이 50여 행도 되지만, 단 두 행으로 작품 1편을 완결했으니 무슨 긴말이 더 필요하랴.

공란식은 옛이야기도 생생한 현재형으로 호명하면서 구구절절 풀어낸다. 마치 일기를 쓰듯 스마트폰에 저장해 두었던 이 작품들은 더할 것도 뺄 것도 없다. 살아가는 일상을 소재로 삼은 참삶의 기록이다. 그 팍팍한 삶을 기록하는 그의 공란식의 언어는 시적이다. 감성을 일부러 절제하는 것이 아니다. 힘들었

다거나 고단하다고 말하지 않는다. 예리하고 색다르게 표현하
지도 세밀하고 꼼꼼하게 기록하려고 하지도 않는다. 보이는 대
로 느낌 그대로 자동기술에 따른다. 슬프지만 아름다운 휘황찬
란하게 꾸미지 않아 소박하고 익숙하다. 그래도 하고 싶은 말
은 빠트리지 않고 정확하게 넣어 전달하고 있다. 이미 세파에
단련되었기에 세상사에 순응하며 살아남는 법을 잘 알고 있기
때문이다.

잠시 시내로 나와 아파트 생활도 했었지만, 지금은 고향 옛 집터
에 새로 지은 '기림재'에서 생활한다. 기림재는 아들의 화실이며
먼저 세상을 떠난 남편을 기리는 집이기도 하다. 마음이 외롭고
허전할 때는 자연 예찬의 글을 쓰며 마음을 다스린다. 자연과 교
감하는 과정에서 스스로 마음도 정화된다. 자연과 더불어 호흡
하는 사람은 오만하지 않아 자연의 순리에 맞추며 그 속에서 조
화를 이룬다. 공란식은 시어머니와 남편을 잘 봉양하고 내조했
다고 첫머리에 인용문을 통해 밝힌 바 있다. 그러한 심성은 가정
뿐만 아니라 이웃으로 사회로 이어졌다. 뒤늦게 배운 노래 솜씨
도 대단하다. 그 끼를 활용하여 약하고 어려운 사람들을 찾아가
봉사하며 노년의 아름다운 시간이 보내고 있다. 자신에게 주어
진 삶을 긍정적으로 수용하고 과도한 욕심을 버리는 일이 행복

의 지름길이라는 걸 배운 대로 실천으로 옮기고 있다.

공란식의 작품에는 평범한 일상사에 관한 이야기가 많다. 작품의 소재도 가정의 테두리에서 가족들의 이야기가 많이 나온다. 가정은 삶의 기본이며 배우는 학습의 장이 되기도 한다. 가정은 나의 정체성을 발견하는 타자가 아닌 나의 거울이기도 하다. 그중에서도 어머니의 위치는 자식들의 마음의 안식처이다. 어머니가 된 지금은 자식들에게 그러한 공간을 되고 있다. 가정을 벗어나 이웃과 친구 그리고 사회생활로 만나는 사람들, 공연이나 여행 등에서 듣고 보고 느낀 점 등등이 담담해도 진정성이 느껴지게 묘사되고 있다. 그런 와중에도 끊임없이 자기 성찰을 게을리하지 않는 부지런함도 엿보인다. 어지간해서는 감정에 휘둘리지 않으면서 가볍게 스냅사진 찍듯 담담하게 그려낸다. 아무리 찾아봐도 이해하기 힘든 낱말이나 문장도 없다. 있는 그대로 보고 느끼고 느낌이 안 온다면 그냥 넘어가면 된다. 그만큼 진실했고 열심히 살아왔기에 자신감이 넘친다.

V. 뜻을 전하는데 1,000 자 정도면 충분하다

필자는 10여 년 전인 2006년 1월 4일부터 다음 해 1월 말까지 6

285

개월간 K 일간지 지상에 〈천자춘추〉에 필진으로 참여한 바 있다. 200자 원고지 5매 이내의 시사 칼럼으로 교육·문화 분야를 써달라는 요청이라서 이게 웬 떡이냐며 쾌히 응낙했었다. 격주로 나오고 A4용지 2/3 정도쯤 쓰는 게 뭐가 어렵겠냐 자신만만했다가 된통 애를 먹었던 적이 있다. 글은 짧건 길건 간에 막상 주어진 주제에 관해 쓰려면 어렵다. 그 약속을 지키느라 며칠씩 원고 쓰기에 매달리며 비지땀을 쏟았었다.

원고지 5매 내외의 분량으로 쓰는 '5매 수필'이란 용어가 있다. 2002년에 『월간문학』지 출신 수필가 모임인 '대표 에세이'의 당시 회장이던 윤주홍 수필가의 제안에 따라, 제15회 수필문학 세미나를 통해 처음으로 논의가 시작되었다. 정목일 수필가는 "오늘날에 '짧은 수필'을 지칭하는 보편적인 용어로 사용되고 있다"고 밝힌 바 있다. 그 이전에도 『수필과 비평』지는 2001년부터 장편(掌篇)수필을 기획하여 1년이 넘게 게재했고, 『새 천년 한국문인』지에서도 기획 특집으로 게재한바 있다.

오산시에서 멀지 않은 안성 출신의 윤재천 수필가는 2005년 '제1회 구름카페 문학상' 수상자로 이규태 칼럼니스트를, 2015년에는 '손바닥수필(掌隨筆)'을 처음 시도한 수필가 김용옥 수필가

를 선정하기도 했다. 그 외에도 짧은 글을 공모하는 '손바닥 문
학상'도 10여 년 이상 꾸준히 작가를 발굴하고 있다. 피천득 선
생은 원고지 5매의 「오월」이라는 수필에서 인생을 살아가는 깊
은 이야기를 담아냈다. 그렇다. 고정관념의 틀을 벗어던질 때
가 됐다.

톡톡톡~~, 오늘은 버스를 타고 이동하며 원고를 읽었다. 다
들 피곤한 퇴근 시간 임에도 앞, 뒤, 옆에서 사람들은 스마트
폰 자판을 요란하게 두드린다. 그런데 웬일인지 오늘은 그 소
리가 정겹다.

"누님! 감성 참 스마트하네요."